재일에스닉잡지연구회 번역총서

오사카 재일 조선인 시지

진달래 1

지식과교양

일러두기

1. 시의 띄어쓰기 및 문장 부호는 원문대로 표기하는 것을 원칙으로 하였다.

2. 일본어를 한국어로 표기할 때는 기본적으로 문교부(현재 문화체육관광부)의 '외래어표기법'(문교부 고시 제85호-11호, 1986년 1월)을 따랐다.

3. 지명, 인명 등의 고유명사는 기본적으로 일본식 표기법과 한자에 따랐다. 단, 잡지나 단행본의 경우 이해하기 쉽도록 한국어로 번역하였으며 원제목을 병기하였다.

4. 한국어로 된 작품은 원문 그대로 표기하였다.

5. 판독이 불가능한 부분은 ●●●로 처리하였다.

6. 각호의 목차와 삽화는 한국어 번역과 함께 일본어 원문을 실었다(간혹 밑줄이나 낙서처럼 보이는 흔적은 모두 원문 자체의 것임을 밝혀둔다).

7. 원문의 방점은 굵은 글씨로 표기하였다.

8. 주는 각주로 처리하되, 필자 주와 역자 주를 구분해 표기하였다.

역자서문

그동안 재일조선인 시지詩誌『진달래』는 존재는 알고 있었으나
그 실체를 일본에서도 전혀 알 수 없었던 잡지였다. 풍문으로만
들었던『진달래』와『가리온』을 드디어 번역본으로 한국에 소개
하게 되었다. 2012년 12월 대부분이 일본 근현대문학 연구자인
우리들은 자신의 삶과 역사에서 동떨어진 기호화된 문학연구를
지양하고 한국인 연구자로 자주적이고 적극적인 관점에서 일본
문학을 바라보고 싶다는 생각으로「재일에스닉잡지연구회」를 발
족했다.

연구회에서 처음 선택한 잡지는 53년 재일조선인들만으로는 가
장 먼저 창간된 서클시지『진달래』였다. 50년대 일본에서는 다
양한 서클운동이 일어났고 그들이 발행한 서클시지에서는 당시
의 시대정신을 읽을 수 있다. 오사카조선시인집단 기관지인『진
달래』는 일본공산당 산하의 조선인 공산당원을 지도하는 민족대
책부의 행동강령에 따른 정치적 작용에서 출발한 시지이다. 50
년대 일본에서 가장 엄혹한 시대를 보내야만 했던 재일조선인들
이 58년 20호로 막을 내릴 때까지 아직은 다듬어지지 않은 자신
들만의 언어로 정치적 전투시와 풀뿌리 미디어적 생활시 등 다
양한 내용으로 조국과 재일조선인의 현실을 기록/증언하고 있
다. 창간초기에는 정치적 입장에서 '반미' '반요시다' '반이승
만' 이라는 프로파간다적 시가 많았으나 휴전협정이후 창작주체
의 시점은 자연스럽게 '재일' 이라는 자신과 이웃으로 확장하게
된다. 정치적 작용에서 출발한『진달래』는 내부와 외부의 갈등
및 논쟁으로 59년 20호로 해산을 하게 되는데 '재일' 이라는 특
수한 환경과 문학적으로 자각한 그룹만이 동인지『가리온』으로
이어지게 된다.

『진달래』는 15호 이후는 활자본으로 바뀌었지만 14호까지는 철필로 긁은 등사본의 조악한 수제 잡지였다. 연구회의 기본 텍스트는 2008년 간행된 후지ㅈ二출판의 영인본을 사용했는데 간혹 뭉겨진 글자와 도저히 해독조차 할 수 없는 난해하고 선명하지 못한 문장들은 우리를 엄청 힘들게도 만들곤 했다. 매달 한 사람이 한 호씩 꼼꼼히 번역하여 낭독하면 우리는 다시 그 번역본을 바탕으로 가장 적당한 한국어표현 찾기와 그 시대적 배경을 공부해 가면서 9명의 연구자들이 매주 토요일 3년이라는 시간을 『진달래』『가리온』과 고군분투했다.

　한국에서의 번역본 출간을 앞두고 2015년 1월 이코마역에서 김시종 선생님을 직접 만나 뵈었다. 김시종 선생님은 분단이 고착된 한국 상황에서 이 책이 어떠한 도움이 되겠는가? 혹시 이 책의 번역으로 연구회가 곤혹스러운 일이 생기는 것은 아닐까 하는 염려와 우려에서 그동안 김시종이라는 시인과 조국과 일본 사회와의 불화의 역사를 짐작할 수 있었다. 사실 우리 연구회에서도 『진달래』와 『가리온』의 정치적 표현에 대한 걱정도 없지는 않았으나 그렇기 때문에 더욱더 50년대의 재일조선인 젊은이들의 조국과 일본에 대한 외침을 한국에 전해야 한다는 생각이 들었다.

　끝으로 이 번역본이 재일 일본문학과 한국의 국문학 연구자에게 조금이라도 도움이 되었으면 하는 소망을 담아본다.

2016년 2월
재일에스닉잡지연구회
회장 마경옥

『진달래』・『가리온』의 한국어판 출간을 기리며

1950년대에 오사카에서 발행되었던 재일조선인 시지詩誌 『진달래』와 『가리온』이 한국어버전으로 출간된다고 한다. 전체를 통독하는 것만으로도 힘들 터인데, 잡지 전호를 번역하는 작업은 매우 지난한 작업이었을 것이다. 먼저 이처럼 힘든 작업을 완수해 낸 재일에스닉잡지연구회 선생님들의 노고를 치하하고 싶다. 나 또한 일본에서 『진달래』와 『가리온』 복각판을 간행했을 때 참여했었는데, 이 잡지들이 지금 한국 독자에게 열린 텍스트가 되었다는 사실을 함께 기뻐하고 싶다.

『진달래』는 제주 4·3 사건의 여파로 일본으로 탈출할 수밖에 없었던 김시종이 오사카의 땅에서 좌파 재일조선인 운동에 투신했던 시절 조직한 시 창작 서클 '오사카조선시인집단'의 기관지이다. 『진달래』는 한국전쟁 말기에 창간되어 정치적으로 조선민주주의인민공화국을 지지하는 입장을 취했는데, 구성원으로 참여했던 재일 2세대 청년들이 시 창작을 통해 자기를 표현하는 매체로 급속히 발전한 결과, 전성기에는 800부나 발행되기에 이른다.

이처럼 『진달래』는 전쟁으로 불타버린 조국의 고통에 자극받은 재일 2세대 청년들이 미국의 헤게모니와 일본 사회의 차별과 억압이라는 동아시아적 현실에 대해 시로서 대치하면서 전개된 공간이었으나, 한국전쟁 휴전 이후 동아시아의 국제 공산주의 운동이 재편되는 과정에서, 일본어로 시를 창작하는 『진달래』는 민족적 주체성을 상실했다는 조선민주주의인민공화국의 격렬한 비판을 받으면서 중단된다. 그 결과로 『진달래』의 후속 동인지 성격의 『가리온』에서 창작에 대한 태도를 관철시켰던 김시종, 정인, 양석일 3인 이외의 구성원은 붓을 꺾게 되었고, 이들 세 사람조차 표현자로 다시 부활하기까지

기나긴 기다림이 필요했다.

　앞으로 『진달래』와 『가리온』을 대하게 될 한국의 독자들이 앞서 언급한 동아시아현대사란 문맥에서 이 텍스트들이 만들어졌고 또한 사라져갔다는 사실을 염두에 두면서 읽어 주기를 나는 기대한다. 다시 말해 정치적 과부하가 걸려 있던 이 텍스트를 과도한 정치성이라는 측면만이 아니라, 한국 전쟁에서 그 이후에 걸친 동아시아 현대사의 격동기를 일본에서 보내야 했던 재일 2세대 청년들의 시적 증언으로 읽어 주었으면 하는 것이다. 내가 『진달래』와 『가리온』을 일본에서 소개할 무렵 강하게 느꼈던 감정이 이런 독법의 필요성이었다는 사실을 한국어판 독자에게 전하는 것으로 서문을 대신하고자 한다.

오사카대학 대학원 문화연구과 교수
우노다 쇼야 宇野田 尚哉

第３号（１９５３年６月２２日発行）

第４号（１９５３年９月５日発行）

第５号（１９５３年12月１日発行）

第１号（１９５３年２月16日発行）

第２号（１９５３年３月31日発行）

第8号（1954年6月30日発行）

第6号（1954年2月28日発行）

第9号（1954年10月1日発行）

第7号（1954年4月30日発行）

第10号（1954年12月25日発行）

第14号（1955年12月30日発行）

第11号（1955年3月15日発行）

第12号（1955年7月1日発行）

第15号（1956年5月15日発行）

第13号（1955年10月1日発行）

第19号（1957年11月10日発行）

1957 19号

大阪朝鮮詩人集団

1958 九月発行

第16号（1956年8月20日発行）

大阪朝鮮詩人集団

第17号（1957年2月6日発行）

1957 17号

大阪朝鮮詩人集団

大阪朝鮮詩人集団

20

第20号（1958年10月25日発行）

第18号（1957年7月5日発行）

1957 18号

大阪朝鮮詩人集団

5호

朝鮮詩人集団機関誌

진달래
チンダレ

目　次

제 1 호

(1953년)

목 차

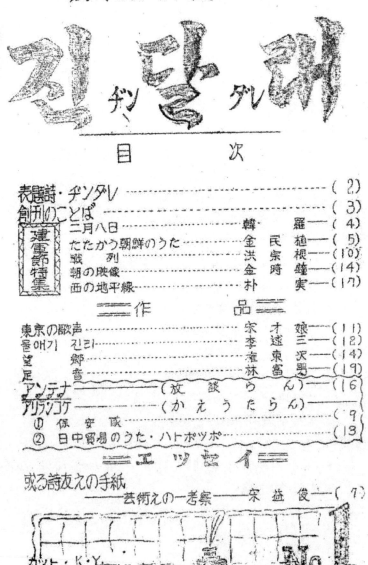

朝鮮詩人集団機関誌

第1号

진달래 ヂンダレ

目　　次

カツト・K・Y

No.1

표제시

진달래1)

진달래는 아름답구나,
착하고, 예쁜 꽃,
빨갛고 빨갛게 불타오를 것 같은 꽃이구나,

조국 들녘에는 여기저기 피어있구나,
타버린 산에도, 메마른 강변에도,
때 묻지 않고 흐드러지게 피어있구나,

빨갛고 빨간 진달래꽃,
검고 검은 조국의 땅바닥에서
빨갛고 빨갛게 움트는구나,

밟히고, 짓밟혀도,
계절을 잊지 않은 나의 진달래,
일본 땅에서도, 이 꽃이 핀 것을 나는 보았지.

---

1) 조선의 산하에 가장 많이 피는 꽃, 철쭉의 한 종류로 조선의 국화國花
 (원문 주)

12　진달래

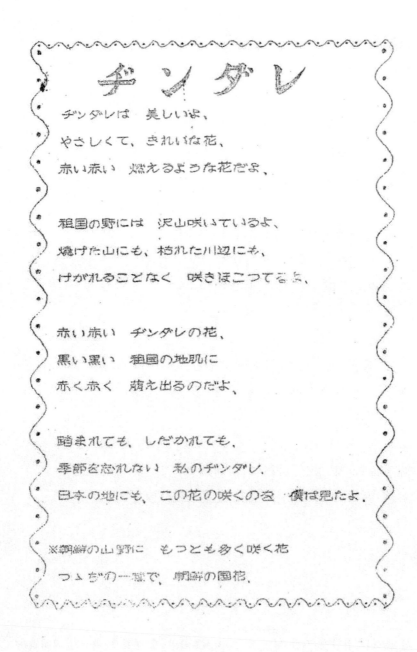

ヂンダレ

ヂンダレは　美しいよ、
やさしくて、きれいな花、
赤い赤い　燃えるような花だよ、

祖国の野には　沢山咲いているよ、
焼けた山にも、枯れた川辺にも、
けがれることなく　咲きほこってるよ、

赤い赤い　ヂンダレの花、
黒い黒い　祖国の地肌に
赤く赤く　萌え出るのだよ、

踏まれても、しだかれても、
季節を忘れない　私のヂンダレ、
日本の地にも、この花の咲くのを　僕は見たよ、

※朝鮮の山野に　もっとも多く咲く花
つゝじの一種で、朝鮮の国花、

창간의 말

시란 무엇인가? 고도의 지성을 요구하는 것 같아서 아무래도 우리들에게는 익숙하지 않다. 그러나 너무 어렵게 생각할 필요가 없을 것 같다. 이미 우리들은 목구멍을 타고 나오는 이 말을 어떻게 할 수 없다.

날것의 핏덩어리 같은 노여움, 굶주림에 지친 자의 '밥'이라는 한마디밖에는 할 말이 없는 것이다. 적어도 나이팅게일이 아닌 것만은 사실이다. 우리는 우리에게 입각한 진정한 노래를 부르고 싶다.

일찍이 백작의 성 깊은 시궁창에서 신음하던 노예들의 신음소리와 철 채찍 소리는 오늘날 이 세상에도 더욱더 강하게 울려 퍼지고 있지 않은가? 여러 번 해방되어도 다시 새로운 철책은 만들어지고 있다.

우리들의 시가 아니더라도 좋다. 백년이나 채찍아래 살아온 우리들이다. 반드시 외치는 소리는 시 이상의 진실을 전할 수 있을 것이다. 우리들은 이제 어둠에서 떨고 있는 밤의 아이가 아니다. 슬프기 때문에 아리랑은 부르지 않을 것이다. 눈물이 흐르기 때문에 도라지는 부르지 않을 것이다. 노래는 가사의 변혁을 고하고 있다.

자 친구여 전진하자! 어깨동무하고 드높이 불사조를 계속 노래하자, 우리 가슴 속의 진달래를 계속 피우자.

조선시인집단 만세!

1953년 2월 7일   빛나는 건군절을 앞두고
조선시인집단

創刊のことば

詩とは何か？　高度の知性を要するもののようで、どうも私達には手が九難い。だが、難かしく考えすぎる必要はなさそうだ。最早私達は、喉元をついて出るこの言葉を、どうしようもない。

生のまゝの血塊のような怒り、しんそこ飢えきつたものの、“メシ”の一言に盡きるだろう。少くとも、夜鶯（ロシニヨル）でないことだけは事実だ、私達は私達に即した、本当の歌を歌いたい。

曾つて、シャトー・ドウ・コントの深い青の中で呼いていた、奴隷達の呻き声と、鉄鎖のうなりは、今日のこの世に、なほも強く、鳴り響いていやしないか？　いくど解放されても、なほ、新しい鉄鎖は造り狎している。

私達の書く詩が、詩でないならないでいゝさ、百年もの、額の下に生きて赤た私達だ、どう考せも叫び声は、詩以上の真実さ伝え得るだろう！　私達はもう、暗におびえている花の子ではない。悲しみのために、アリランは歌はないだろう、涙を流すために、トラジは歌はないだろう。歌は歌詞の変革を告げている。

さあ友よ、前進だ！　腹をくみ、高らかに不死鳥を歌い続けよう、この御意の、チンダレを咲かし続けよう！

一九五三年二月七日　輝く建軍節を前にして

朝鮮詩人集団　万才！

朝鮮詩人集団

[건군절2) 특집]

2월 8일

한라

눈사태가 멈추고
겨울에 피는 매화 꽃봉오리가 불그스름해질 무렵
우리들의 역사도
장기판의 하나의 말처럼 전진해간다

70여년 쌓아 올린
천황의 용사들이
원자폭탄 한발에 무너진
패배의 역사가 아니다

4일 밤낮
온갖 폭탄이 투하되어
산도 없어진
평평해진 고지의 돌격으로
모두 죽음을 당한 역사가 아니다

---

2) 북한의 조선인민군 창설은 1948년 2월 8일이었으나 1978년 이후에는
   김일성이 만주에서 항일유격대를 조직했다는 1932년 4월 25일로 변경
   했다. 이후 북한에서는 매년 4월25일을 건군절로 지정하고 있다.

폐허의 도시 흥남 지하 깊숙하게
15만 대도시가 부활하고
호남평야의 큰 전장에서
하룻밤에 군단을 퇴각시키고
20세기 문명인들에게
때 아닌 신화를 내세운
우리들의 민족이
애국의 혈기가 끓어올라서
조국의 요새를 쌓은
2월 8일!

김일성 빨치산의 제자
조선인민군대의
빛나는 전통이
우리들에게
커다란 봄을 만들어서
혼과 힘으로써
조국을 떠받쳤다

침략자와
야수들에게
죽음과 파멸을 강요하고

목동도 총을 잡고
젊디젊은 처자가 비행복을 걸치고
애국의 피가 끓어올라
조국의 큰 발자취로 전진하는
우리들의 건군절

싸우는 조선의 노래

김민식

조선
이 땅은
한낮이나 불꽃같은 밤에도
피와 철을 계속 노래한다

강화만江華灣에
수많은
부패한 시체가 떠다니고
부서진 파도머리는
붉은 피로 물들고
평야에서
흐슬부슬한
인간코크스가 쌓인다

핏방울이
떨어져 부서진
조선하늘에서
살을 찾아서
총탄의 바람을 가르며
뼈를 찾아서

들쭉날쭉한 총알파편이 떨어진다
조선의 병사는
폭연과 총검으로
검게 그을었다

붉은 피는
얼음 속 깊이
떠다니고
그 피는
불을 품고
하얗게 탄다

인민은
그 불을 지키고
가슴에서 가슴으로 불을 옮겨
분화시켜
쇠사슬을 태우고
쇠사슬을 끊는다

이 땅의 산맥은
첩첩히 바위를 쌓고
산봉우리는

하늘을 향해
더욱더 높게
입술은
피와 철의
사랑과 증오를 노래한다
여명의
날갯짓으로 계속 노래한다

전 열

홍종근

멀리 검은 연기로 휩싸인 속을
전열戰列은 끝없이 이어 진다

자신의 조국과 스스로의 자유를 위하여
삼천만 강철이 되어서
2월 8일 용사들은
빗발치는 탄환이 자욱한 전쟁터로 향한다.

백두의 설산을 물들인
붉은 핏줄기는
계곡을 흘러 조선소나무의 뿌리를 물들이고
대지를 진동시키며
불타 헐벗은 마을과 거리를 빠져 나아가서
지금은 전사들의 피가 되어 흐르고
고문과 능욕에 돌이 되어 항거하는
가는 곳마다 속삭이며
조국의 구석구석까지 물들여간다.

모든 전쟁의 도가니에 쳐들어가
사상도 총도 빨갛게 불타고

전열이 가는 곳마다
지하장성을 쌓고
이순신의 분묘를 뒤흔들어서
기적을 일으키고 전설을 되살려
불을 뿜은 기관총을 잡은 그 손으로
스스로의 인간상을 새기며
희망을 짊어진 계급은 전진한다.

산허리를 돌아
적을 찾아서
끝까지 전열은 이어진다.

이 날 이 시간에도

아침 영상

-2월 8일을 찬양하다-

김시종

언덕에 선
 인민군사의
  얼어붙은 칼끝은
  얼음처럼 맑다.

새벽빛에
 번쩍 번쩍 빛나는 총검
  적의 멱살을 향해서
   우리인민군사는 일어섰다.

인민을 위해서
 오로지 인민을 위해서
  평화로운 조국을 지키기 위해

젊은 피를 끓어 올려
 새벽녘 언덕에서
  큰 발자취로 우뚝
   서있다.

어떠한 총구멍
 하나하나도
  인민군사의 두툼한 가슴팍을
   뚫을 수 없을 것이다.

프롤레타리아
 봉기의 불길이
  지구를 감싸고 있는 한

가난한 자의
 혈통이
  인민 군사를
   무장시키는 것이다.

아- 피에 굶주린 야수여 어디에 있는가!

새벽녘 언덕에서
 힘차게 발을 딛고
  인민군사의 총검은
   불꽃과 함께
    향한다.

서쪽 지평선

박실

오, 석양이다
누군가가 외쳤다
일제히, 동무들의 얼굴이
차창을 통해 서쪽 하늘을 집중했다
질척하게 짓무른
석양이 동무들의 얼굴을
　환히 비추어
　장밋빛으로 물들였다

우리들은
오늘의 감격도 가시지 않는 시선으로
석양을 봤다

오늘 2월 8일, 우리들은
이코마산生駒山 위에서 연봉을 바라보며
아득한 대지에
　마음을　떨치고
인민의 아들들에게
　축복을 보냈던 그러한 시선으로
석양을 봤다

불꽃 튀는 시선으로
지평선을 응시했다

하늘과 땅이 같은 색으로 녹아든 듯한
서쪽 지평선
거기는 어디가 될까
눈에 파묻히고 피에 물든
　삼천리 산하일지도 모른다
구둣발에 짓밟힌
　진달래가 피는 고향일지도 모른다
전차와 철조망으로 칭칭 얽매인
　섬들일지도 모른다
아니, 꼭 그러함에 틀림없다
그런 세계 한 구석으로
석양은 저물어간다

그러한 세계 한구석을
석양은
모든 것을 다 불사르고도 그치지 않을 듯이
뿜어 오른 원폭처럼
　흘겨보고
　위협하면서 저물어간다

거무칙칙한 구름이
겹겹이 겹쳐
뒤덮여간다

어느덧 지평선은
밤의 정적 속으로
  가라앉아 버렸다
이제, 조국의 산하도
진달래 꽃밭도
그리고 섬들도
  보이지 않게 되었다

그러나 너희들은
어둠 속에서도
  꿈틀거리는 것을 멈추려하지 않는다
  노래 부르는 것을 멈추려 하지 않는다
비록 암흑과 화염이
이 지상을 불태우려 해도
곧 동쪽 하늘에서
금색의 구름에 힘껏 안겨 빛나는
아름다운 태양의 노래를
너희들은 소리도 없이 노래 부른다

그렇다, 서쪽의 지평선이여
우리들도 그 노래를
정성을 다해 부르자

밤의 정적을 깨고
우리들을 태운 전차는
한눈도 팔지 않고 마구 달렸다

[작품]

동경의 노랫소리

송재랑

힘찬 멜로디와 함께 나는 동경을 느꼈다
일본의 수도 동경이 아니라 우리들의 동경이다
관중에 휩싸여서 우리들이 응시한 무대는
아름답고 늠름하게
우리들의 국어 속에 힘찬 멜로디를 짜 넣는다
오로지 한결같이 조국을 상기시키는 목소리
나는 아직 보지 못한 조국의 흙 내음을 느꼈다
일하는 인민의 뜨거운 외침에 피가 용솟음치는 것을 느꼈다
오사카에는 없는 멋진 힘으로!

우리문화는 우리 손으로
우리들의 조국건설은 우리들의 힘으로
어떠한 탄압에도 꺾이지 않고 최후까지 계속 투쟁하는
강인함이
몇 사람의 눈에도 빛나고 있다
조선 소년소녀들이 노래하는 뜨거운 노랫소리
우리들의 교육을 노리는 짐승 같은 놈을

생활을 파괴하는 짐승 같은 놈을
나가떨어지게 하는 힘이 동경 속에 타고 있는 것이다!
(전국소년소녀단 합동문화제에 참가해서)

물애기 진리[3]

이구삼

너가 이 세상을
숨쉴곧이라하여 뛰어난때,
피묻은 너를 딱아 끌여쌀
걸래 하나가 집안에 없든구나.
「눈뜨고 다시못블 참곡한 관경.」
바로 이것이,
이 세상에 숨쉬로 나왔다는
너의 인생, 시초이드라.
탯줄 끊은 순간부터,
언제나 분량 차치못한 너의배.
먹어도 먹어도 또 모잘려…….
말 몰은 너는
너의 울음으로서
언제나 배 가득혀라고 야단이든구나.

　분걸 은 너깐에도,
　배가차면 참자코,

---

3) 한국어 시로 원문그대로 표기함. 『진달래』 제 1권에서 유일한 국어 시.

배고프면 우니,
아마도 사람이란
이 세상에 나면서부터,
배 가득 먹는 것이,
인간지상(人間至上)의
첫째 사명인가바-.

목이 깨어지다싶이 울며,
발광하듯 몸부름 치는,
너의 그 배골은 울음소리.
달콤한 애미젖이 않인다음
세상 만사가 귀찮은 듯…….
내, 아무리 너를안고
달레며,
□이며,
온갖 수작 다해본들,
너의 그 울음이
애미젖을 그려 우는게 분명하니,
그 애처러운 울음은,
너의 본능에서 우러난,
 - 것을 달라 - 는,
 - 권리주창 - 의 왜침이든구나.

너가 아직
니애미 뱃속에
기척이 있을뜻 말뜻한때,
니는 니애미보고
천하에 다시없는 모진말을 했드라.
홀쪽한 니애미는 기력없이,
몇날 몇밤을 울었든지…….
니는 말많은 세상의 귀천을몰으듯이
꼴꼴한 애미배를 박차고
밧짝말은 그 품을찾으니,
너깐에도, 생에대한 애착이있어,
남과같이 숨쉬느라고
수주의 공기를 힘차게 맛이든구나.

오냐, 그렇다.
　힘차게 울고,
　힘차게 빨고,
　힘차게 맛이고,
　힘차게 궁글고,
　힘차게 살어라.

망향4)

권동택

내 목숨 여기서 다 할 운명이라면
　　객사해도 분할 것이 없다

산과 들에 푸른 어린잎 흔들리기 시작하고
　　괭이를 든 어머니도 조국을 그리워한다

이 바다 저편에 조부의 땅 있다고 말하는
　　형의 눈동자와 눈썹 잊을 수 없구나

갯바람이 불어와 고향을 바라보니
　　뿌연 하늘에 기러기 나는 것이 보인다

한번 만진 땅의 온기 서로 비벼보니
　　고향의 흙 그립기도 하구나

---

4) 이 시는 5·7·5·7·7의 일본 와카和歌형식으로 되어있다.

발소리

임부남

어제도, 오늘도, 나는 직업을 찾아서,
낡은 게타가 닳도록, 거리를 걸었다.
전신주에 '구인' 벽보 삐라가
누렇게 변해, 너덜너덜 찢어지고
팔랑팔랑, 바람에 휘날린다.
오늘도, 일을 찾지 못하고, 집으로 돌아간다.

날이 저문, 이슬 길은 질퍽질퍽하다.
낡은 구두가 쿵쾅쿵쾅, 나를 앞질러
전신주에, 삐라를 붙이고 있다.
보니 "중일中日무역 추진시켜라 평화를 지켜라"

그렇다. 그렇다.
 – 지난번, 내가 해고되었을 때,
   작업반장은, 나를,
   조센진이다, 빨갱이다. 라고 했지만,
   여기에, 같은 신세의 동료가 있었다 –
눈물을 닦고 주먹을 쥐고,
힘차게 '평화의 노래'를 불렀다.

안테나 [방담 란]

앞서 사임이 보도된 반도坂東 오사카시 교육장은 4월 신학
기에 중앙과 오사카부 방침을 위반해서라도 조선인자녀를
학교에 입학시키겠다는 의사를 밝혔다. 오사카시내의 만 오
천 명의 조선아동에 대해서 외국인에게 의무교육을 시킬 의
무는 없다고 한 요시다吉田 예스맨 (ィェスマン 이승만의 발음
과 주의) 과의 내부대립임에는 틀림없지만, 반도씨의 현실을
무시할 수 없는 언명에 아낌없는 경의를 표한다. 이렇게 된
바에는 어떠한 압력이 있어도 민족교육 말살정책 (조선인은
더 심하지만 일본인의 자녀도 똑같다)에 반항해서 함께 투
쟁할 것을 제의한다.

× × ×

막걸리와 히로뽕으로 검거된 조선인에게 경찰 측에서는 석
방해주는 것을 조건으로 조선인의 동향을 정기적으로 보고
하라고 강요한듯하다. 가지 와타루鹿地亘[5])처럼 폭격기에 태
워 오키나와로 데리고 가지는 않았고, 마치 유치장을 상하
이의 동아동장서원同亜同丈書院이나 도쿄의 나카노中野학교쯤
으로 생각하는 경찰관리 제군은 조금 우쭐대겠지만, 유치장
과 스파이를 교환하려는 동포 제군이 있다는 것에 경계가
필요하다.

---

5) 가지 와타루 (1903년 - 1982년) 일본의 프롤레타리아 소설가.
   1951년 11월 25일 가나가와현神奈川県 후지사와藤沢市 시내에서 미군
   첩보기관에 납치되어 미국의 스파이가 될 것을 강요받은 일명 가지사
   건鹿地事件의 주인공이다.

× × ×

후쿠시마 경찰서에서 이쿠노生野 경찰서장으로 영전한 다
다多田 경찰서장, 미유키모리御幸森 관내에 250명의 입학적령
조선아동이 있다고 들은 순간 어처구니없는 곳에 왔구나하
고 탄식! 다다 씨! 다 허사가 됐군요!

× × ×

자주自主학교 부활을 위해 활약하는 많은 동포가 최근 농
악에도 눈코 뜰 새 없는데, 이를 두고 경구를 즐기는 자칭
독설가라는 한 간부의 '교육방위는 농악이다' 라고 하는 우
스갯소리처럼 과연 그러한 느낌이 없지도 않다. 내가 들은
것만으로도 나카니시中西, 후세布施, 히가시나카가와東中川, 샤
리지舍利寺, 미유키모리御幸森, 이즈미오쓰泉大津, 니시西 등이
있다…… 농악도 좋다. 그러나 이제 다른 한 쪽을 잊지 말도
록…… 이코마生駒로 500명의 청년들이 하이킹 간 것만으로
천명의 경찰관이 포위하는 세상이다. 교육을 지키기 위해서
는 폭력을 이겨내는 조직 없이는 할 수 없다! '교육방위 =
저항조직이다' 이라고 필자는 생각한다. (H생)

> **게시판**
> 본지의 '아리랑고개'는 개사곡 란이기 때문에 잘 살
> 려서 함께 노래합시다.

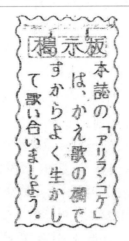

[아리]랑고개] (개사곡란)

1. 보안대保安隊[6]

여러분, 여러분, 에덴동산의

보안대는 뭐지?

쿵더쿵 쿵 쿵

---

6) 보안대(National Safety Forces)는 보안청에서 경비대와 함께 설치
   된 일본의 국내안보를 담당하는 무장부대로서 1952년10월15일 경찰예
   비대를 개편해서 발족했다. 현재 육상자위대의 전신이다.
   「보안대」라는 개사곡의 원곡은 작사·작곡 미상인 군가 '미야씨 미
   야씨' 宮さん 宮さん이다. 1868년경 유포된 일본 최초의 군가이자 행
   진가로서 도코톤야레부시トコトンヤレ節 또는 돈야레トンヤレ라고 칭
   하기도 한다.

저것은 금단의 나무열매를 먹은
불쌍한 아담의 영락한 몰골
쿵더쿵 쿵 쿵

젊은 목숨을 5만 엔으로 바꾼
미국인의 총알받이,
쿵더쿵 쿵 쿵

일본인의 목숨은 싸기도 하구나,
먹다 남은 밥 같은 싸구려 값으로 몸을 팔았네.
쿵더쿵 쿵 쿵

2. 일중무역의 노래. 비둘기

구 구 구 ―
　비둘기 ―
콩이 먹고 싶으니
　날아가라
저 바다를 건너서
　날아가라

구 구 구 ―
　비둘기 ―
구린 쌀로
　괴롭겠지
저 바다를 건너
　날아가라

구 구 구 ―
　비둘기 ―
그 땅에 도착하면
　울어주련
외국산 쌀을 먹이며
　으스댄다고

구 구 구 ―

비둘기 –
콩이 먹고 싶으니
　날아가라
저 바다를 넘어서
　중국으로

[에세이]

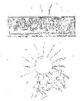

어느 시우詩友에게

– 예술에 관한 일고찰–

송익준

친애하는 K군

 그간 별고 없이 건강하게 창작활동을 계속하고 있으리라 생각하네.

지난해 자네와 나 사이에 있었던 정치와 예술에 관한 문제를 애매하게 미해결 상태로 끝내 버렸으나, 올해야말로 명확하게 해 두고 싶네.

 이 문제에 관해서 우선 이론적 반성을 해야만 하는 것은 정치에 대한 예술의 선행성이라든가 혹은 순수성이라고 하는 관념적인 표현아래 예술 지상적 표현에 고집을 세우고 있다는 것이네.

 이러한 표현에서는 예술이 정치에서 동떨어진 존재로써 이해되고 또한 예술이 해당사회의 '기초구조'와 '상부건축' (마르크스)에서 동떨어진 별개의 존재가 되지.

 예술이 해당사회의 '기초구조'와 '상부건축' (마르크스)의 유기적 관련성에서 서로 호응한 이데올로기의 한 형태인 이상, 그 해명은 '현실의 토대'와 해당사회의 '정치제도'와 떼어서는 생각할 수 없다네.

 '정치는 경제의 집중적 표현' (레닌)인 이상, 해당사회를 반영한 이데올로기의 한 형태인 예술이 해당사회의 정치경제제도와 떼어서 생각할 수 없다는 것은 당연하지 않은가?

이러한 것을 무시하고 예술이 어떻게든 해당사회에서 동떨어진 별개존재인 것처럼 설명한다는 것은 예술이 갖는 계급적 본질을 이해하지 못하는 것일세.

계급투쟁이 격렬해진 단계에서는 예술가도 전위로서 총을 갖고 투쟁하는 것은 예사였다네. 프랑스의 레지스탕스운동, 혹은 남조선의 인민항쟁, 또는 조선전쟁에서 예술가들의 투쟁은 그 현저한 예가 된다네.

프랑스의 예술가들은 나치스 독일과 비시괴뢰정부에 대한 민족자유와 독립항쟁 가운데 뛰어난 작품인 '사랑과 죽음의 초상'과 '바다의 침묵' 등을 만들어 냈다네.

남조선의 인민항쟁에 있어서도 유진오俞鎭五와 임화林和 또는 박산운朴山雲 등 전위시인은 뛰어난 많은 작품을 내놓았고, 조선전쟁에서는 조국방위를 위하여 장렬하게 전사를 한 '백두산'의 시인 조기천趙基天이 있지 않은가.

그럼에도 불구하고 이런 작품은 지금도 검속과 테러와 학살이 있는 남조선에서, 조국해방을 위하여 투쟁한 빨치산과 애국인민 속에서 남몰래 널리 읽혀지고 있으며, 또한 잔혹한 무차별폭격이 행해지고 있는 북조선에서 조국재건을 위해서 투쟁하는 영웅적 인민 안에서 드높이 시가 울려 퍼져 삼천만 조선인민을 선전하고 선동 조직하여 고무하고 있는 것이 아닌가.

이러한 뛰어난 많은 시가 예술과 정치는 별개의 것이라고 생각하는 일부의 사람들에게서 만들어질 수 있겠는가.

물론 아니라고 대답할 것이네. 더욱이 또 혁명적인 형용으로 혁명적 시의 겉치레를 하고 있는 부류의 사람들에게서 생길 수 있을까?

물론 아니네!! 이러한 부류의 사람들은 작렬하게 싸우고 있

는 계급전쟁을 객관적인 입장에서 어떻게든지 혁명 시처럼
쓰려고 노력하고 있는 사람들이지. 나는 이러한 시인들은
가장 경멸받아 마땅한 객관주의적 시인이라고 생각한다네.
진정한 혁명 시는 노래하는 사람 자신이 계급전쟁에서 싸움
의 창으로 진격하면서 적을 증오하고 적을 섬멸하여 평화로
운 사회와 아름다운 조국을 건설하려고 하는 조직자에 의해
서만 불리어지는 것이라네.

그러니 혁명시인은 조직자이고 선동가이며 혁명가인 것이
라네.

이러한 것은 단순하게 시 분야에만 멈추는 것이 아니라 예
술 전 분야에 적용되는 것이지.

때문에 예술가는 계급사회에 있어서는 착취되고 억압받는
인민의 고통을 자신의 고통으로 묘사하고, 사회주의사회에
서 건설의 기쁨을 기리는 인민의 기쁨을 스스로의 기쁨으로
묘사하는 임무를 갖고 있다네.

예술의 계급적 본질, 예술가의 계급적 임무는 이렇게 규정
되는 것이 아닌가.

예술가가 총을 잡고 민족독립투쟁에 혹은 정치활동에 참가
한 것은 그 예술 활동을 정지하는 것을 의미하는 것은 아니
라네.

아니!! 오히려 프랑스와 조선의 예를 봐도 오히려 예술 활
동은 투쟁 속에서 그 계급적 본질이 명확해지고 인민에게
사랑받는 진실한 작품을 만들어 낼 수 있는 것이라고 할 수
있지.

정치와 예술이 결코 동떨어진 존재가 아니며 '현실토대'
와 '상부건축'인 이상 우리들은 양자는 결코 분리해서 생
각할 수 없는 것이라네.

 때문에 오히려 예술은 정치의 한 부분이라고 해도 과언이
아닐 것일세.
 꽤 길게 쓸데없는 말을 했군. 자네에게도 이 논리에 이론異
論이 있을 줄 아네. 자네의 답장을 기다리겠네.

                    1953년 2월 8일 건군절을 맞이하여

회원모집

 우리들의 목소리 모음터로서 본지가 만들어졌습니다.
널리 동포 여러분의 입회를 기다리겠습니다. 부디 아래
의 주소로 신청해 주십시오. 또한 회비는 매달 50엔이
고 입회비로는 100엔만 내시면 됩니다.
*연락처 – 오사카시大阪市 나카가와치군中河内郡 다쓰미
    쵸 辰巳町 야가라矢柄 6
             진달래 편집소 앞

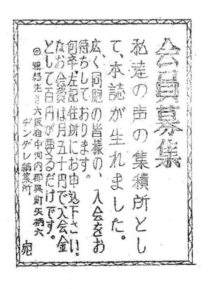

편집후기

사람은 어떻게든 모든 것에 의의를 찾고 싶어 한다. 우리들도 예외 없이 역시 이 작은 잡지에 거는 기대가 매우 크다. 진리추구라든가 예술시론이라든가 하는 그러한 당치도 않은 기대가 아니라 우리들의 손에 의한 우리들의 모임으로서의 자부는 역시 기쁨이다.

조부 세대에서 내려와 40년, 적어도 오사카 땅을 발상지로서 이러한 모임은 우리들이 처음이 아닐까. 그러한 점에서도 큰 의의를 느끼고 있다. - 라고 으스대고 싶지만 실은 별것 아니다. 생겨나야 할 것이 생겨난 것이기 때문에 오히려 우리들은 지각한 것에 자책의 의의를 인정해야 할 것이다. 오사카에 20만 여명의 동포가 살고 있는 한 생생한 소리는 쌓아올려야 할 것이다. 형제 여러분의 참가를 간절히 바라는 바이다.

× × ×

진정한 의미에서 이 시지만큼 새내기 모임도 드물 것이다. 그럼에도 불구하고 편집을 하고, 등사판의 원지를 긁어 인쇄와 제본을 해서, 처음부터 끝까지 우리 힘으로 끝낼 계획이다. "아마추어가 아마추어의 책을 내고, 아마추어 책이 아마추어를 불러, 아마추어가 아마추어를 늘려 간다." 이러한 산수를 우리들은 하고 있다. 덕분에 세 사람이 원지 긁기와 제본으로 사흘이나 철야를 했다. 조금은 힘이 들었지만 신참이 생겨날 것을 생각하니 기쁘다.   (김시종)

진달래 第1号

一九五三年二月一五日印刷　頒価二〇円
一九五三年二月一六日発行

編集兼発行人　　金　時　鐘

発行所　大阪府中河内郡盾津町矢柄六
　　　　朝鮮詩人集団
　　　　진달래編集所

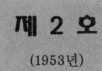

제 2 호

(1953년)

목 차

雁	朝鮮童謠	3
きえた星	金 時鐘	3
スターリンの名において	金 希文	4
アメリカ兵の靴	權 東沢	7
眼れない夜	李 星子	7
赤煉瓦の建物	朴 実	8
		9
主張 文化人に対する意見	薛 羅	5
大阪駅の別れ	金 民植	13
今に電灯を	林 日皓	14
母	金 鐘植	15
若い朝鮮の同志とともに	吉田 豊	17
第一回 卒業生の皆さんえ	林 太洙	18
I地区から同志達は出て行く	洪 宗根	21

表紙・カット K・Y

書信往来 S君え	李述三	23		
アンテナ（放談らん）				12
愛贈誌紙芳名	24		2号誌読会	20
会員募集	24		編集後記	25

기러기

기러기들
앞의 놈은 양반1)
뒤의 놈은 상놈2)
가운데 놈은 아첨꾼

앞의 놈 목을 쳐라
가운데 놈 배를 갈라라
뒤엔 놈에게는 보상을 하라

-조선 동요에서-

---

1) 귀족·무사와 같이 특권계층을 이르는 말.(원문 주)
2) 평민을 멸시해서 부르는 말.(원문 주)

-스탈린의 영혼에게- 사라진 별

김시종

별이 떨어졌다
땅 속 깊숙이
별이 떨어졌다
소리도 없이 소리도 없이
땅 속 깊숙이
별이 떨어졌다

새벽하늘에
길고 긴
오로라를 그리며
일곱 빛 무지개
그리며 떨어졌다

부서지지도 않고
흩어지지도 않고
사람들 가슴 속으로
쏘옥 들어온 별
거대한 천체보다도
인민의 가슴은 훨씬 거대했다

별이 떨어졌다
별이 떨어졌다
땅 속 깊숙이
별이 떨어졌다
아니 아니 저 하늘 높이
별이 떨어졌다

스탈린의 이름으로

김희문

사람에서 사람의 가슴으로 파도치는 세기의 고동이,
스탈린의 이름으로
조용히 온화하게 멈췄다.

질곡에서 빠져나오기를
온몸으로 바라는 한 사람으로서
그것을 슬퍼하자.

장송행진곡이 몸에 베어드는 생각을
같은 길을 걷는 세상 사람들과 더불어
한숨을 쉬자.

눈부시고
마음 든든하게,
위대한 프롤레타리아의 마음 속
부조된 모습에 얼굴을 묻자.

너무나도 위대하게
너무나도 명철하게
너무나도 넓고 멀게 나타난 길을,
응시하자.

그리고 한 없이 우러러보자.

미국병사의 구두

권동택

백화점 골목길에서
미국병사의 구두가 닦여있었다.
나는 내 조국 땅을 모른다.
미국병사의 구두는, 조국 땅을 알고 있다.
동포의 피와 눈물이 섞인,
화약 냄새나는 땅을 알고 있다.
조국 조선 땅을 알고 있다.

소년이 닦은 구두는 광이 난다,
하지만, 그 구두에 스며든
동포의 피는 마르지 않을 것이다.
짓밟힌 조선의 신음은,
그 구두 바닥에서 통증을 멈추지 않는다.

그 구두로 전답을 쑥대밭으로 만들고,
시체를 짓밟고 유아를 걸어찼다.

치욕 당한 소녀의 눈물이 스미고,
살해된 모친의 피가 그 구두에 스며들어 있다.

눈물은 마르지 않는다.
피도 마르지 않는다.
조국의 분노도 마르지 않는다.

내 뺨은 뜨겁게-
내 눈동자는 불타오른다.

잠 못 이루는 밤

이성자

왠지
잠 못 이루어
창문으로 다가간다

창백한 달빛에
떠오른
운동장이
이렇게 쓸쓸한 것일까

아이들이
떠나고 나서
여기도
떠도는 사람들의
아파트

구 M 조선소학교
......
어디까지
우리들은
학대받을 것인가

지그시 눈동자를
응시하고 있자
천진한 아이들의 모습이
뛰어 돌아다니고
있는 듯한……달빛뿐일까
한이 담긴
목소리가
들리는 것 같다

잠 못 이루는 밤이여
빨리 밝아오라

- 구 M 조선소학교 내 아파트에서

붉은 벽돌 건물

박실

나카노시마中之島 일각에
한껏
위엄을 떨치며
붉은 벽돌 건물이
서 있다.
간판에 위협적으로
'오사카大阪 지방 재판소'라고.

요도가와淀川는
가난한 사람들의
눈물을 채워
흐르고
대기는
싸움에 쓰러진 사람들의
원한을 채워 흐르는
붉은 벽돌 건물.

하지만 지금
으스스하게 몸을 젖힌
이 건물 밑바닥으로부터

붉은 벽돌 벽을 진동시켜
길 가는 사람들의
가슴팍을 두드리며
혁명의 노래가 울려 퍼진다.
들어라!
분노가 불을 지핀
스이타吹田사건3) 공판
오늘도 제1호 법정에서
불꽃을 튀기고 있다.

세계의 양심과
민족의 혼과
애국의 열정과
청년의 정의감으로
강인한
한 줄기 전선으로 꼬여진
백 명의 군상은
뺨을 붉히며

---

3) 1952년6월24일 밤. 조선동란 6·25기념일 전야제 집회 후, 참가자 약
   900명이 '전쟁반대' '군수물자 수송반대' 데모를 오사카부 스이타 시
   내, 스이타 조차장 구내, 국철 스이타 역까지 행진, 그 중 일부는 경찰
   관, 파출소, 주류군 자동차에 돌, 대나무, 화염병으로 공격해 소요죄,
   업무방해죄 등으로 기소된 사건.

눈빛을 번뜩이며
흡혈귀들에게
분노와 불꽃을 날렸다.

- 네놈들은
  조국 약탈자들과 한패거리다 -
- 네놈들은
  저주해야 할 전쟁 방화범이다 -
- 네놈들은
  피에 굶주린 파시스트이다 -
- 네놈들이야말로
  단죄 받아야 한다 -

백 명의 피의 절규는
법정을 흔들고
흡혈귀들의
옷을 벗겨
흡혈귀들의
내장을 파헤친다.

보아라!
피가 얼어붙은 듯한

무표정한 얼굴을
무른척하는
검사들을 -
'다음 공판은 ○○일' 이라는
재판장의 조력에
식은땀을
닦을 여유조차 없이
재빨리 자리를 뜬
검사들을 -
통쾌하지 않은가
배를 잡고 비웃어 주련다.

백 명의 합창은
붉은 벽돌 건물의
주인들의
장송곡을 연주하여
더욱 자랑스럽게
더욱 씩씩하게
사람들의 가슴에 메아리친다.

[주장]

문화인에 대한 의견

한라

최근 오사카大阪에서 문화인들의 움직임이 다양한 형태로 활발해졌다. 그것을 준비하고 있는 사람들의 내부에 아직 명확한 의견 통일은 이루어지지 않고 있다고 하더라도 일한 친선 유지有志 간담회가 열리려고 하는 것은 해방 이래 지속해 온 오사카 문화인들의 활동에 다소 진보가 보여지는 점에서 대단히 기쁜 일이다.

그런데도 이 운동이 대중적으로 발전하지 않는 원인을 올바르게 판단하고, 그 방향을 향해 노력이 결여된 것은 오사카에 있는 문화인의 약점이다. 통일이라는 넓은 의미에 구애받은 나머지 무원칙적으로 전선을 넓히려고 하는 것은 잘못이다. 조국의 통일 독립을 쟁취하고, 민주적 민족 권리를 지키기 위해서는 일본 군국주의 부활을 반대하고, 일본 군사 기지화를 반대하며, 평화를 지킨다는 아주 당연한 원칙조차 관철하지 못하는 문화 활동이라면 우리들 대중노선에 있어 유해무익하다. 이승만李承晩의 "아무튼 단결하자"는 몽유병자 같은 막말을 반대했던 우리들이 아닌가? 조일친선이라는 말에 구속되어 미제의 조선 침략을 반대하는 입장의 사람은 언제든지 포함할 수 있기 때문에 그 외의 사람들을 먼저 포함해야한다는 사고방식은 친선에서 알맹이를 뺀 친선운동의 발전을 저지할 것이라는 것을 문화인 제군은 떠올릴 필요가 있다.

우리들이 왜 일본문화인과 친선을 도모하려고 하고 있는

가라는 출발 목적을 잊어서는 안 된다. 미제의 침략으로부
터 조국을 방어하고 요시다吉田의 일본보안대 조선출병을 반
대하며, 이승만 일당인 반역자를 분쇄시킬 우리들 민족 과
업을 완수할 사업의 일환으로 오늘날 일본인이 처한 괴로운
식민지 입장에서 공동의 적을 타파하기 위해 공동의 사업을
투쟁하는 이외에 조일친선 문화인 활동의 발전은 있을 리
없다.

　류수현柳洙鉉 일파가 이승만으로부터 자금을 지원받아 신
세계신문 재간을 획책하고 송기복宋基復 일당의 세계신보가
한국에 운반된 사실은 이들 반동문화를 타도할 투쟁을 요청
하고 있고 대중은 이것을 분쇄하기 위해 일어나고 있다. 오
사카 문화인은 이러한 대중의 행동을 조직할 임무가 있다.
이를 위해 문화인 자신이 대중노선에 서서 대중과 더불어
싸울 필요가 있다. 이런 움직임에 대해 일본 문화인, 재일중
국문화인도 큰 관심을 보이고 있다. 이들과 행동을 더불어
함으로써 류수현과 송기복 일당의 반동문화인을 타도할 투
쟁을 해나가지 않으면 안 된다.

　2월19일 조국전선 어필에도 명확한바와 같이 조국은 우리
들 재일 동포의 투쟁에 큰 기대를 걸고 있다. 그런 호소에
호응해서 문화인은 대중의 의식을 변혁해서 우리들 민족전
통을 바르게 대중에게 명시하여 조국을 지키도록 애국심을
앙양할 사업을 진행하지 않으면 안 된다.

　애국심이라는 것에 있어서도 한마디 하고 싶은 것은 인민
공화국도 아닌 대한민국도 아닌 통일된 조선 편에 선다는
일부 사람들에 대한 계몽은 보다 중대할 것이다. 요시다 시
게루吉田茂도 최근 애국심이라는 것을 설파하고 있다. 이것
에 대해 일본문화인들은 일본이라는 나라를 사랑하기에 충

분한지 아닌지 논쟁이 일어나고, 현재 일본에는 사랑하기에 충분한 것은 없고 애국의 입장에 선다면 요시다를 타도하고 미제를 일본에서 쫓아내기 위해 일어나라고 호소하고 있다.

그러나 우리들에게 사랑할 만한 나라가 엄연히 있다. 미제의 침략으로부터 조국의 독립을 지키기 위해 영웅적으로 싸우고 있는 인민공화국이 있다. 일본 문화인에 비해 우리들은 행복하다. 이러한 자긍심을 지키지 않으면 안 된다. 그와 동시에 일부의 북도 남도 아니라는 방관자적 -나아가서는 비애국적인- 생각을 물리지 않으면 안 된다. 그 생각을 철회하지 않는 한, 그들은 고립되어 북으로부터도 남으로부터도 배제당해 조국을 상실한 고아가 될 것이다. 우리들에게 조국은 둘이 아니다. 지금 우리들은 조국과 미국 어느 편에 설지 둘 중 하나를 선택하지 않으면 안 된다. 애국의 입장에 선다면 이것도 저것도 아니라는 생각은 물려야 할 것이고 물려야 할 것을 주저하는 것은 실수이다. 지금 준비되어진 조일친선 유지 간담회는 여러 가지 결함을 가지면서도 괴로운 싸움을 계속하고 있다.

나는 이러한 일을 올바르게 평가하면서 애국적 입장에 선 일본문화인과 조선 문화인의 공동사업으로 간담회에서 발표할 것을 제안한다. 그것이야말로 조일친선의 길이고 정전회담을, 쟁취하는 일본국민 조선출병 반대 대중노선에 서서 크게 전진하려는 데는 의심할 여지는 없다.

오사카역의 이별

- 한미일 회담 분쇄 항의단을 보내며 -

김민식

겨울 밤 하늘에
  어두운 구름이 무겁게 내려앉고
차가운 안개비는
  철로에 세차게 퍼붓는다

  퍼붓는 비에 젖어
검은 강철 기관차는
  칙칙폭폭 기적을 울리며
쇠의 노래를 불러 제킨다.

  잘 가게
  당신들은 동경으로 간다
안개비는 세차게 퍼붓고
철로에 이별의 환성이 휘몰아친다
격려하는 함성은 바다와 같이 출렁이며
증오와 사랑이 여기서 물보라친다.

  증기는 바람에 날리고
  바퀴는 움직인다

바퀴는 움직여
열차는 출발 신호를 멀리 전한다

　조선에 흐르는 피는
　사정없이 우리들 피부를 파고들어
　뺨을 타고 흘러 가슴을 쑤시며
　눈물이 되어 뼈 속까지 파고든다

학대당한 자의
아무도 없는 겨울 바다 같은 슬픔
하늘을 부술만한 분노.

그것을 폭탄처럼 끌어안고
당신들은 출발한다.

강철 합창을 들으며
당신들은 출발한다.

지금 전등을

임일호

비가 내리고 있다
공장 출구에 멈춰섰다
월급이 나오지 않았다
공장장은 2, 3일 기다리라고 한다
나는 집으로 가고 싶지 않다
어머니가 기다리고 있다

질퍽질퍽 진흙이 튀고
찢어진 우산 때문에 어깨가 젖고
남동생 여동생이 기다리는 집에
살짝 문틈으로 엿본다
방에는 아무도 없고
단지 더러워진 다다미에
무정하게 어두컴컴한 전등은 빛을 강요하고 있다.

2층은 칠흑 같은 어둠
볼의 눈물은 다다미에 떨어져
바쁘게 돌아가는 재봉틀 소리가
옆집에서 새어 나온다
우리 집이 어려운 탓에

남동생 여동생까지 일하러 가겠다고 울지만
"너거들 초등학생 아이가"
가만히 머리를 감싸고 나는 웅크려 앉는다.

"너거들도 알기다"
형인 나와 아빠의 고통을
엄마의 훌쩍이는 소리도
너거들은 알제
덜거덕하고 열리는 대문 소리
엄마의 기침소리가 들려온다
엄마는 비오는 오늘도
행상 일을 나갔겠지.
젖은 석상처럼 어머니는 초췌해져 있다.

창문을 두드리는 비
방은 칠흑같이 어둡다
지금이라도 눈물을 닦고
일어나
전등을 켜겠지.

어머니

김종식

오늘도 면회를 오는 어머니
바람이 세게 부는 날에도
내 얼굴을 가만히 쳐다보며
몸은 괜찮니라고 묻는다.

그리고
보안대가 조선전선에
참가하고 있다고 전해준다.

오늘도 면회를 오는 어머니
꽁꽁 얼어붙는 날에도
나의 얼굴을 조용히 바라보며
춥지 않느냐고 물어본다.
그리고
이승만이 와서 또 안 좋은
이야기를 하고 갔다고.

오늘도 면회를 오는 어머니
눈 내리는 날에도
내 얼굴을 가만히 바라보며

별 일 없는지 물어본다
그리고
언제쯤 오사카에 가는지,
그 표정은 어쩐지 쓸쓸해 보인다.

오늘도 면회를 오는 어머니
내 아들 얼굴을 보고 싶어
내 얼굴을 지그시 바라본다
(침묵이 잠시 이어진다)
그리고
이동무가 형무소에 들어갔다고,
그 얼굴은 내 아들의 앞날을 걱정하듯이.

오늘도 면회를 오는 어머니
오사카에 가지나 않았는지 걱정하며
내 얼굴을 지그시 바라본다
그리고
하루라도 빨리 승리의 날을 맞아
즐겁게 지낼 날을 기대하며……
그 눈 깊은 곳에는 내 아이를 형무소에 보내는
슬픔과 적에 대한 미움과,
승리한 날의 기쁨을 말하고 있는 듯하다.

(히메지姬路 형무소 유치 중)

젊은 조선의 동지와 더불어

요시다 유타가

몇 번을 봐도
방 밖의 눈은
여전히 엄청 내리고 있다
- 김 동무 몸은 괜찮은가
라고 부르면 저편 창문이 열리고
- 그래, 괜찮아
라며 창백한 마른 얼굴에
눈만 빛나는 김이 외친다.

아무리 봐도
방 밖의 눈은
여전히 엄청 내리고 있다
- 고 동무는 어떻게 지내고 있을까
다른 먼 건물이기 때문에 부를 수가 없다
- 이보게 동지인가라고 부르면
- 이보게 동지인가고 답한다
운동장에서 달리고 있다
밝고 둥근 얼굴이 그렇다고 쳐다보고
부른 쪽이
역시 동지였던 것이다

아무리 봐도
방 밖의 눈은
여전히 엄청 내리고 있다
- 고 동무는 4년
- 김 동무는 2년
공소 보석 허무하게 취소
그러나 둘은 늘
눈동자를 빛내며 웃음지우며
어떤 것에도 굴한 모습을 보이지 않는다

아무리 봐도
방 밖의 눈은
여전히 엄청 내리고 있다
- 저항이야말로 인민해방이다
벽에 새겨진 글자가 있다
- 조국 방어대
여기에도 젊은 조선의
낯선 동지가 호소하고 있다
그렇다, 벽의 글자를 통해
지금 내리는 눈의 끝자락에서
북조선 남조선의 낯선 젊은 동지들이
나와 김 동무와 고 동무에게 말을 걸고 있는 것이다.

힘내시오.
힘내시오.

－1953.2.22
(히메지 구치소 유치 중)

제1회 졸업생 여러분께

임태수

여러분 건강히 새 출발 하시오,
비, 바람 부는 한 해를 겪으며
나는 여러분들을 마음으로 보내드립니다.

가난했지만
너무도 즐거운 1년이었지요,
이 학교 구석구석
운동장의 작은 돌 하나하나까지도
여러분의 정이 담겨있지 않은 것은
하나도 없을 것입니다.
자주 틈새로 새는 벽의 붕괴를
데모 그림으로 둘러쳐서,
"민족교육 사수!" 라고
애쓴 여러분이었지요,
급히 주워 모은 덜컥거리는 책상과
높낮이가 제각각인 걸상에서
일 년 동안
여러분은 잘 견뎌왔습니다.
누구를 위한 가난한 학교였는가는
여러분 자신이 잘 알고 있습니다.

없는 돈을 긁어모아
수학여행 갔던 쓸쓸한 추억도
누가 흘린 눈물인지
여러분은 잘 알고 있습니다.

조선 소학교이기 때문에
요시다 정부가 너무도 싫어하는
조선인만의 소학교이기 때문에
단 한 푼의 교육비조차 받지 않고
추운 겨울날도, 더운 여름날도,
벗겨진 벽 교실에서
여러분은 조국의 말을 서로 익혔습니다.
하지만 여러분은 아름답고,
한 없이 예쁘고, 건강합니다.
그것은 때마침 피어나는 봄의
보리 새싹같이
짓밟힐수록 강해졌습니다.
가령 우리들은 가난해도,
가령 학교는 낡았더라도,
여러분의 숨결은 언제나 새로웠습니다,
참새의 지저귐처럼
어떤 응어리도 없는 노래를

언제나 힘껏 불렀습니다.

학교 안뜰 높이
공화국 깃발이 펄럭일 때,
하나같이 만세! 만세! 라며
춤을 추었습니다,
그리고 누구라 할 것 없이
인민 항쟁가를 부르며,
그것만으로 여러분은
훌륭한 공화국 소년으로 성장한 것입니다.
탄압에 항거할 줄 알고,
괴로움을 참는 힘을 가진 여러분은
저 깃발처럼 젊디젊게
저 깃발처럼 늠름하게
오늘 가슴을 펴고 새 출발합니다.

나는 어떤 이별의 인사말을
여러분에게 한 것일까요?
혈육을 나눈 형제동지가,
선생님과 학생만이라면
정말 시시하다,
좀 더 친근한 말,

우리들 혈관 속에 살아있는 말,
조선민주주의인민공화국 소년과,
조선민주주의인민공화국 국민으로서
선생님들과 인사를 나누고 싶습니다.

그럼 여러분 건강 하시게!
늘 노래를 잊지 않는 소년으로,
나카니시中西 조선 소학교 제1회 졸업생으로,
영예롭게 살아 주세요.
여러분은 오사카 민족교육의
제일선을 걷고 있는 것입니다.
우리들도 맹세코 올 겨울부터는
따뜻한 교실에서 공부할 수 있도록,
남은 남동생, 여동생에게 약속합시다.
교육비 획득을 위해 전력을
오늘 이별의 말로 약속합시다!

I 지구에서 동지들은 나아간다

홍종근

동지들이여
당신들
조국의 자유를 지키고
학대받은 인민의
역사를 개척하기 위해
새 임무를 맡고
나아간다

당신들의
여윈 어깨는
오늘
어느 정도
딱 벌어져 늠름하게
사람들의 눈에
비쳐졌겠지

아침 눈을 뜰 때
항상
스스로 되새기는 말

《 오늘 조국과 인민을 위해
　　죽을 각오는 되어 있는지
　　　　　　　어떤지……》

당신들
그 뜨거운 마음으로
미제국주의자와
일본은행 주인들의
만족할 줄 모르는 야망에 찬
총검 앞에
단호히 서 있다

빛나는 미래를
향해
스스로 횃불이 되어
생명을 태워
길을 비추며
새까만…… 바람 속을
당과 인민에게
명령 받는 대로
어떤 공백지대라도
혁명의 횃불을
옮기는 당신들

그러기에
남들이 모르는
많은 고생을 하겠지
그러기에
적의 예리한
감시망을 뚫는 일도 있겠지

당신들 지금
이 지역 사람들과
이별의 술을 주고받으며
고향의 옛 노래에
취해서 걷지 않으면 안 되었다
농민들의 노래에
눈을 감고
귀를 기울이고 있다

밤은 깊어
사람들의 손바닥에 온기를 남기고
동지들은 어둠을 틈타
사라져 간다

아아 동지들이여
언젠가
조국의 전화가 아물어
사람들의 생활에
웃음과 노래가
가득할 때
다시 만날 수 있을까
격한 투쟁 속을
백만 조직원은
새로운 임무를 맡고
나아간다.

[서신왕래]
S군에게

이술삼

동무는 시를 지나치게 어렵게 생각하는 녀석은 정신이상자라고 했다. 그 점에서는 나도 동감한다. 그러나 이전의 나는 시라고 하는 것을 특별한 것으로 생각한 적이 있다. 그것은 시인이라는 특수한 존재만이 노래를 부를 수 있는, 일반인들에게는 아주 먼 그리고 신비한 것으로, 격에 맞지 않는 감상을 때로는 퇴폐적인 것으로 나의 공통적인 점을 발견해 낸다며 18, 9세기경 이름 있는 시인들의 시를 읊조리며 그것을 자랑으로 여기며, 이러한 것이 적어도 문학청년으로 살아가는 길인 것처럼, 세상을 모르고 방황하는 일이 몇 해였는지 모른다. 이러한 일이 현재도 더욱 나를 의식적으로 혹은 무의식적으로 혼란스럽게 하고 있는 것을 생각하면, 몸서리 쳐질 정도의 두려움을 통감한다. 지금도 그 요소를 완전히 벗어나지 못하고 있는 것이 거짓 없는 나의 본심인지도 모른다. 그 점이 동무의 예리한 한마디 비판은 실제로 뼈 속 깊이 파고들었다 하겠다. 이런 나의 오래된 껍데기를 탈피시키는 일이 가능한 것은 단지 의식 있는 집단의 결성이었다. 나는 이 기회를 얼마나 입에 담았고 얼마나 이런 일을 바랬는지 모른다.

(중략)

현재 우리들 주체적 역량이 아주 미비한 것임은 만인이 다 아는 일이지만, 그 연약함이란 약체화를 의미하지는 않는다. 혜택 받은 우리들에게 무엇보다 힘이 되어주는 고마운 것은 마르크스ㆍ레닌주의가 이끌고 있는 일이다. 마르크스ㆍ레닌주의에 따라 노래하는 한 최후의 승리는 우리들에게 있다. 승리할 객관성은 단지 마르크스ㆍ레닌주의에 따라 행동하는 이외에는 어떠한 지향도 없다. 이리하여 서쪽의 나치가, 동쪽의 파시스트가, 세계를 우리 낙원이라 노래할 때 그 전부터 파시스트들의 패배를 예언해, 칼날을 향하는 용사는 마르크스ㆍ레닌주의자 이외는 없었다. 지금 미제국주의자들은 아시아 민족말살론을 왕성히 주창하고 있지만, 아시아 민족으로 아시아 민족과 겨룬다고 하는 아이크4)의 아시아 정책이 가까운 장래에 반드시 실패할 것이라는 예언을 할 수 있는 것은 그 누구도 아닌 우리 자신은 아닌가?

아시아 민족의 독립이라는 이름으로, 인간의 자유라고 하는 이름으로, 조국 독립이라는 이름으로 노래 부르자 최후의 피 한 방울까지도…… (후략)

---

4) 드와이트 데이비드 아이젠하워(Dwight David Eisenhower, 1890년 10월 14일 ~ 1969년 3월 28일) 애칭이 아이크(Ike)이다.

안테나

3·1기념 대회장에서의 일이다. 비실거리는 젊은 청년 두 명에게 건장한 덩치의 큰 남자가 쫓겨 도망 다니고 있었다. 비에 젖어 거리를 가득 메우며 지그재그로 행진하는 데모대들로 짓밟힌 사나다산 공원에 흙먼지를 일으키며. 전자는 대회 방어 행동대이고, 후자는 경찰의 스파이다. 여기까지 쓰면 독자 제군은 판단하겠지만, 덧붙이자면 쫓기고 쫓겨 뒷골목으로밖에 다닐 수 없었던 젊은이들이 경찰들을 거꾸로 쫓는다는 것에 박수갈채를 보낼 유쾌한 일이다. 그리고 대중의 힘으로 적과 대치한다면 적과 우리들의 힘의 관계는 전환해 거꾸로 적이 도망갈 것은 자명하다.

X   X   X

다이쇼大正비행장의 비행기가 삼일절에 불태워질 것이라고 생각해 하늘을 날아서 피난한 바보 같은 녀석들이다. 웃어 넘기기에 앞서 대중의 힘은 이와 같이 적들을 당황하게 하고 있음을 명확히 알 필요가 있다.

만 명의 대중이 시내에서 행동을 일으켜 단속할 경비가 없다고 비명을 지르는 경시청의 대응을 생각할 필요가 있다. 우리들의 힘은 그렇게 강하다. 자신감을 가져도 되지 않겠는가!

X   X   X

어느 지부 여성 위원장 동지 집을 방문해 깜짝 놀란 일이 있다. 먼 데서 들려오는 "북" 소리에 과연 여성 동지 할머니들이 음력 정월보름에 신명 나 있다고 생각했는데…… 대문 입구에 대나무, 대나무에는 종잇조각이 달려있소이다. 쿵덕쿵덕 북소리는 피리소리에 맞추는 것이 아니라 병을 고쳐

달라고 비는 무당의 반주였다. 미신이 남아있는 것도 놀랄
일이지만 무당의 기도로 병이 고쳐진다기에 의사가 무당의
보이콧을 위해 동맹휴업을 한다니, 할머니 여성동무도 어리
석지만 동맹휴업을 하는 의사도 어리석다고 우스겟 소리로
웃어넘겨야 할까? (R생)

X   X   X

기증愛贈지 방명록

★별 제7호 (인민문학 오사카 친구회)
★율동 제2권 제4호 (율동시사)
★현재 과학자는 무엇을 해야 할까 (종합연구첨단대회보고 오사카지부)
★반전 권리 옹호 오사카 뉴스(반전 권리 옹호 전 오사카 준비회 사무국) 제1호-5호

愛贈誌紙芳名
★星 第七号 (人民文学大阪友の会)
★律動 第二巻第四号 (律動詩社)
★現在科学者は何をすべきか (綜合研究尖端大会報告 大阪支部)
★反戦権利ヨーゴ大阪ニュース (反戦権利擁護全大阪準備会事務局) 一号~五号

2호지 이야기 모임

4월 시 좌담회 예고

2월호 합평과 연구발표는 4월6일 오후5시부터 당 편집소에서 개최합니다. 시간 엄수 및 동호인 여러분들의 많은 참가 부탁드립니다.
☆이마자토今里 출발 시버스는 히라노쿄쿄야쿠平野京町役 야가라矢柄 하차 바로
= 나카니시中西 조선소학교[5]내=

四月詩話会予告
2号合評と研究発表は、四月六日午後五時より、当編集所に於て開催致します。時間厳守のこと、なお同好の方の多数参加もお待ちしております。
☆今里発市バス、平野京町役、矢柄下車すぐ
=中西朝鮮小学校内=

---

5) 1952년4월1일 나카니시 조선 초등학교(中西朝鮮小学校) 건립. 1962년 나카니시 조선 초급학교를 히가시오사카 조선 제3초급학교(東大阪朝鮮第三初級学校)로 개칭.

회원모집

우리들 소리의 집합소로써 본지는 생겼습니다.

널리 동포 여러분의 입회를 기다리고 있습니다. 아무쪼록 다음 주소로 신청해 주시기 바랍니다. 또한, 회비는 월50엔이고, 입회비는 단돈 100엔입니다.

연락처 = 오사카부大阪府 나카카와치군中河內郡 다쓰미쵸巽町 야가라矢柄 6 진달래 편집소 앞

会員募集

私達の声の集積所として、本誌が生れました。

広く同胞の皆様の入会をお待ちしています。何卒次の住所にお申込み下さい。なお、会費は月五十円で、入会金は丹に百円です。

편집후기

이것으로 진달래도 2호 째이다. 작지만 스스로 필줄 아는 꽃이 되었다. 시들지 않는 것이 무엇보다도 중요하다. 너무나 귀한 나머지 첫술로 끝나지 않도록 우리 진득하게 임하지 않으면 안 된다. 눈에 띄지 않는 일이다. 너무 힘쓰는 것은 금물 금물, 죽여 버리는 것은 조국의 산야를 부정하는 것이다. 회원 모두의 노력을 바라마지 않는다.

× 지난달 20페이지 남짓한 얇은 시집을 묶어 뜻밖의 격려와 성원을 받았다. 기뻤다. 그러나 사실 조금 두려웠다. 시작한 일에 대한 막연한 주저와 성원에 답할 만한 역량의 불충분함을 통감했기 때문이다. 하지만 굳이 합리화한다면 이것은 우리들만의 일은 아니다. 우리들이 피어나는 꽃이라면 그것을 기를 소지를 모두에게 요구한다. 계속해서 회원으로 가입해 주고 방관주의적인 박수는 마음을 터놓은 얘기가 그렇게 반갑지는 않다. 그것은 단지 우리를 매우 초조하게 할 뿐이다. 모두가 서로 모여주기를 진심으로 바란다.

× 결국 인쇄소에 보낼 만큼의 돈을 융통하지 못해 2호도 또한 박실朴實동무가 변통해 주었다. 노동과 활동으로 파김치가 된 그를 붙잡고 밤 12시 너머까지 한 자 한 자 새기는 것이므로 너무 힘든 일이다. 집단은 하루라도 빨리 이런 민폐를 없애기 위해 조직 강화에 힘쓰지 않으면 안 된다.

× 히메지 구치소 유치중인 미지의 동지들로부터 작품을 받았다. 그 작품의 우열은 차치하고 이러한 노래가 온갖 변경에서 노래하고 있는 일은 무엇보다도 평화투쟁의 하나임에 틀림없다. 강요하든 덮어두든 불타는 노래는 제지할 수 없다. 이 노래가 계속되는 한, 이 외침이 있는 한 세계의 평

화는 지켜질 것이다. 단연코, 단연코 지켜낼 것이다. 동지
여, 노래를 높이 부르자! (김시종)

진달래 제2호

　　1953년3월25일 인쇄　　　　정가 20엔
　　1953년3월31일 발행
　　편집 겸 발행인 김시종
　　발행소　오사카부大阪府　나카카와치군中河内郡
　　다쓰미쵸巽町 야가라矢柄 6
　　조선시인집단
　　진달래 편집소

編集兼発行人　金時鐘

発行所　大阪府中河内郡巽町矢柄六
　　朝鮮詩人集団
　　進達래編集所

進達래 第2号

一九五三年三月二五日印刷　頒価二〇円
一九五三年三月三一日発行

제 3 호

(1953년)

목 차

- 조국은 지금 푸르다 / 김천리金天里
- 하얀 손과 망치 / 김희구金希球
- 개표 / 김시종金時鐘

[르포르타주] 서오사카를 둘러싸고 / 김호준金豪俊

- 촌평(보내주신 서신 중에서) / 구사쓰 노부오草津信男
- 진달래 신회원이 되어 / 김천리金千里

안테나(방담란)

「조선신민주주의혁명사」 간행회 통지

- 찰리의 죽음 / 한라韓羅
- 욕구 / 안휘자安輝子
- 자각 / 최혜옥崔惠玉
- 눈동자 / 김민식金民植

편집후기

目　次

[주장]

세 번째 6.25를 맞이하며

1. 조선해방전쟁도 이제 며칠 후면 3년을 맞이하게 된다. 조국을 둘러싼 정세는 날이 갈수록 변하고 있다. 휴전회담에서 미국의 도리에 어긋난 제안은 영국과의 대립을 격화시키고 평화를 바라며 들고 일어선 세계 인민들로부터 고립되었다. 미국의 야만적인 소행은 만천하에 폭로되었다. 견룡(평남 순안군), 자모(평남 순천군)저수지에 대한 폭격은 미국 인도주의의 정체를 드러낸 최후의 증거가 되었다.

이 시기에 우리들은 6.25를 휴전의 날로 맞이하기 위해 투쟁하고 있는 재일동포 대열 속에서 각자의 임무를 명확히 하지 않으면 안 된다.

우리는 일본에서 태어나 일본에서 자라 일본에서 생활하고 있다. 그리고 일본은 조국을 침략하는 미국의 발판이다. 우리들은 과거 3년 재일이라는 특수한 조건과 군사기지일본이라는 조건 속에서 우리의 애국적 정열은 숱한 시련을 거쳐 굳게 고조되고, 크건 작건 간에 저마다 조국방어투쟁을 계속해 왔다. 탄압도 고문도 감옥도 추방도 우리들의 젊은 정열과 애국심을 꺾을 수는 없었다.

2. 견룡과 자모저수지 폭격은 북조선 농민에게 고의로 홍수를 일으켜 도살하고, 논밭을 유실하게 한 야만적인 행위이다. 이 사건은 오늘날 일본 각지에 건설되어 있는 댐 공사가 언젠가는 미국에 의해 파괴되고 일본농민이 북조선처럼

학살된다는 원폭보다 싸게 드는 병기임을 의미한다. 일본국
민은 이 사실을 알고 있다. 우치나다內灘, 아사마浅間, 시노
다信太, 후세布施의 RR센터 반대투쟁은 이 사실을 증명하고
있다. 시다의 사창가 여성은 일본인에게는 안기겠지만 미국
인에게는 몸을 팔지 않겠다며 나섰다. 이와 같은 일본의 국
민의식의 예는 무수히 있다. 우리가 이러한 의식을 조직하
자. 어떠한 작은 반미적 움직임이라도 이들이 결집되고 거대
한 흐름이 되어 기지철거운동의 성공을 보증하게 될 것이다.

3. 조선청년을 이승만의 총알받이로 하려는 본질은 일한회
담에서 거래되고 있는 남조선 구舊 일본자산(이것은 조선인
민들에게 빼앗은 것으로 당연히 조선인민의 것이다.)을 일본
에게 돌려주는 대신에 남조선에 있는 일본자산보호의 명목
으로 일본군대를 조선에 출동시켜 남조선해방을 방해하여
조선독립을 강탈하려는 미국과 요시다吉田의 침략계획이다.
이 사실을 보안대를 포함한 일본청년에게 알리자. 그리고
함께 조선출병반대투쟁을 조직하여 일한회담분쇄투쟁을 일
으키자.

4. 시인집단이 서클로 조촐하게 발족한지 4개월. 그동안 우
리들은 직장 내의 어두운 분위기 속에서 일용노무자로 오물
수레를 끌면서 조국을 지키자는 힘겨운 투쟁 속에서 귀중한
대중의 외침을 대변하기 위해 노력해 왔다.
　지역회합이 끝난 한밤중에 등사판 원지를 긁고 사복경찰
을 피해 걷는 골목길에 시상을 떠올리며 투쟁아지트에서 적
어 내려가던 그 경험으로 우리들의 시는 실천 속에서만 태
어난다고 결론지었다. 그리고 마치카네야마待兼山에서 함께

봉화를 올렸던 친구에게서도 노랫소리가 울리는 진달래로
성장해 왔다.

　세 번째 맞이하는 6.25를 앞두고 우리는 더욱 분기하자.
인간이 천년에 한번 만년에 한번 낼법한 큰 힘을 발휘하여
휴전을 쟁취하고, 조국통일을 이루기 위해 더욱 큰 전진을
계속하자.

　미국의 조국에 대한 잔인무도한 행위를 일본국민에게 알
리자.

　기지주변에 묶여 학대당하고 정조까지 빼앗긴 대중의 고
통을 노래하자.

　우리 서클에 더 많은 동무를 모으자. 『진달래』 독자를 고
정시켜 그 사람들과 함께 한 두 발이라도 전진을 계속하자.
아름다운 조국 산하에 붉고 붉은 진달래가 흐드러지게 피는
그날까지!

　　　　　　　　　　　6월1일 조선시인집단

쓰르라미의 노래

푸른 나뭇잎 그늘
쓰르라미의 노래는
애처롭고도 슬픈 고향의 노래라오,

내 나라에는
푸르름이 없다오,
불타고 짓물러서
검붉게 변해버렸다오,

버찌 좋아하는
아이도 있었겠지만
쓰르라미가 사는 푸른 나뭇잎을
네이팜탄1)이 태워버렸다오.

푸른 나뭇잎 그늘
쓰르라미의 노래는
멀고 먼 옛 노래라오,

지금은 돌아가신 우리 할아버지가

_____

1) 네이팜탄의 북한어로 알루미늄과 비누, 팜유(야자 기름)와 휘발유 또
   는 가솔린 등을 섞어 만든 젤리 같은 유지 소이탄으로 2차 대전, 베
   트남전, 한국전에서 많이 사용 된 무기로 폭탄이다.

풀피리2) 불며 달래주었던,
눈 깊숙한 곳의
나의 조국이라오,

푸른 나뭇잎 그늘
쓰르라미 노래는
분노와 노여움이 서린 노래라오.

---

2) 버드나무 가지 거죽으로 부는 풀피리를 말한다.(원문 주)

[작품 - 단결하는 마음]

우애
-노경호魯敬虎동무에게 보낸다-

유영조

빵!?
와 멋지다!
눈이 번쩍 뜨이고
양손이 쭉 뻗는다
　기쁘도다……

그 빵 아름답네
말없이 건네 준 너의
마음이 아름답네

아무 말도 하지 않는 너지만
그래도
3개의 빵은 말해주네

너의 씩씩한 인사……
우애 있는 우리들
마음과 마음으로 맺어진 단결을……

빵은 싱글벙글
나에게 전해준다
나도 싱글벙글
빵을 베어 문다
마음의 손을 꼬옥 꼬옥
움켜쥐고서……

감옥에 있는 친구에게

이정자

지금 당신은
일본 어딘가의 감옥에 있다
지금 당신은
차가운 벽으로 둘러싸여
어두운 바닥 위에 앉아 있다
하늘의 푸름을 볼 수도 없는
하늘의 깊이를 들여다 볼 수도 없는
어두운 감옥 안에 있다.
지금 당신은
비바람 몰아치는 비 소리도
거칠게 불어대는 바람 소리도
들리지 않는 감옥에 있다
어둠 속을 헤맨다
냉기에 짓눌린 채
여윈 몸을 기대고 있다.
지금 당신의
감은 눈 안에
파란 하늘이 비쳤을까
깊은 하늘을 들여다 볼 수 있었을까

기댄 가슴속에
비바람 몰아치는 빗소리
거칠게 불어대는 바람소리가
울렸을까

어둡고 깊은 하늘에서
비바람 몰아치는 권력의 비
거칠게 불어대는 탄압의 바람이
떼 지어
지금 당신이 있는
어두운 감옥을 엄습한다
어둠속을 헤매는
냉기의 무게에 숨어
당신의 혼을 엄습한다.

지금 당신은
감옥 벽에
숨을 내뱉는다.
온기 있는 당신의 숨을,
어둠 속을 헤매고 있는 자에게
냉기의 그늘에 숨어있는 자에게

당신은
따스한 자신의 숨을 내뱉을 것이다.

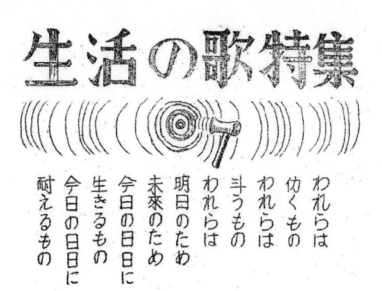

われらは
仂くもの
われらは
斗うもの
われらは
明日のため
未來のため
今日の日日に
生きるもの
今日の日日に
耐えるもの

생활의 노래 특집

우리는 노동자
우리는 투쟁가
우리는
내일을 위해
미래를 위해
오늘 하루하루를 사는 자
오늘 하루하루를 견뎌내는 자

두 동강 난 게타

박실

드디어 너와도 이별이다.
한 달이란 긴 시간을
고락을 함께 한 너였지만
지금 만날 수 없고 두 동강 난 너를
정성을 다해 화장火葬하련다.

너는 나처럼
가난했다.
값싼 차조차 타본 적 없고
예쁜 게타 끈 하나 바꾸는 일 없이-
그래도 너는 열심히 일했다.

50키로가 채 안 되는 마르고 작은 체구
하지만 너에게는
너무나도 무거웠을 몸을 들쳐 업고
거북이새끼처럼
서너 개의 정류장쯤은
아무렇지도 않게 나를 나르던 너

호별방문 때
처음에는 처마 밑에서 주저하고 있었지만
지금은
아무리 높은 문턱도
아무리 낮은 문턱도
망설이지 않고 용감하게 훌쩍 넘어가던 너

어둠을 타고 걸어갈 때
타박타박 흥얼대는
너의 명쾌한 음악에
적들도 취해버린 걸까
한 번도 비난받은 적 없던 너

그런 너를 지금
심하게 모욕하는 놈이 있다.
너보다도 고귀한 계급으로
진하게 기름을 바른
가죽구두 놈
그놈의 주인이었다.
"갈라진 게타 따윈 버려버려"라고.

너 또한 훌륭히
혁명의 다리가 되어 일해 왔다.
사치스러운 귀족들의
멸시와 모욕 속에
너를 방치해 둘 수 있겠는가.

드디어 너와도 이별이다.
전신이 불길을 휩싸이며 미소 짓는다
활활 타오르며
너는 이렇게 외치고 있는 듯하다.
-싫증내거나 게으름피우지 말고 풀죽지 말고
걸어라 걸어라 걸어라-라고.

시장의 생활자

권동택

도로는 생선 비늘로 번쩍거리고 있었다
저고리 소매도 빛나고 있었다.
우리 엄마는 삐걱거리는 리어카를 밀며
오늘도 중앙시장 문을 넘는다
생선창고 근처 온통 생선악취 속을
엄마는 헤엄치듯 걸어갔다.

여자아이가 얼음과 함께 미끄러져 온 물고기를
재빨리 움켜쥐고 달아났다
갈고리가 파란하늘을 나는 고함소리와 함께

어두운 쓰레기장에는 썩어 짓무른 생선더미, 생선더미
그곳은 파리들의 유토피아였다
엄마는 그 강렬한 비린내 속에 쭈그리고 앉아있다

차단기가 황망하게
기적에 인사를 건넨다
경적-
소음이 접근한다
생선 구린내 나는 흰 깃발이 수증기 속으로 가려진다

화물차는 이어진다……
직물 찌든 내
생선 비린내
피비린내
해초 썩은 내
삐걱거리는 화차에서 사과가 굴러 떨어졌다
다섯 개 여섯 개
사람 손이 수도 없이 뻗는다

살아 있는 자들의 손이 서로 얽힌 채
석탄검댕이가 훌훌 내려앉는다
나는 눈을 감았다.

콩나물 골목

홍종근

콩나물 판잣집이라
불리는
경사진 뒷골목

생기는 대로 다 낳아
굶주린 아이들이
앵앵·울부짖는 곳
박서방이
오줌 범벅인 아이를 업고
멍청히 입을 쩍 벌리며
느긋한 햇살을 쬐며 빈둥거린다.
커다란 덩치를
주체 못하는 듯한 남정네들
하는 수 없이
콩을 비틀어 꺾는다.

목이 돌아간
수도를 둘러싸고
물을 서로 마시려고
담지 못할 욕을 퍼붓고 있는 여편네들

폭등한 집세를
맞출 수 없을까 하고
엉성한 통 속
—콩나물이여 자라 거라
자라 거라……라고
열심히 물은 주어도
삶은
조금도 나아지지 않는다.

오히려
소로 태어나는 편이
낫다며
한탄하는 저 여편네들.

햇빛도 보지 못하고
비실비실
자라가는 콩나물
콩나물을 빼닮은
뒷골목의 삶

아아 봄……
일본의 봄은

화약 냄새를 너무 맡아
콩 가격은 올라갈 듯하고
콩나물은
점점 더 안 팔리게 되었다.

멍청히 입을 벌린
박서방
하는 수 없이
콩을 비틀어 꺾는다
콩나물 판잣집의
경사진 뒷골목.

교사가 되어

이건신

지금 나는 새로운 생명으로 약동하고 있다.
그것은 작을지 모르지만
비웃거나 혹은 경멸할 수 없는
새로운 힘이고 생명인 것이다

나는 그 속에 살아간다
그저 오로지 나아갈 뿐이다.
아무리 이 길이 원대할지라도
아무리 곤란한 것일지라도
영혼의 전부를 바칠 것이다.

낡은 학교 황폐한 운동장
이 안에서 자라는 아이들-
그들은 조국의 주역이자 미래인 것이다.

미래의 위대한 별-
공화국아동들을 보라!
그들의 마음은 춤추고, 눈동자는 빛나고 있다.
그렇다! 나는 다시 일어서지 않으면 안 된다
싸우지 않으면 안 되는 것이다

조선민족으로서 긍지와 용기를 갖게 하기 위해
조국을 사랑하고
민족을 진심으로 사랑하는 것을 알리기 위해,
현재를 직시하고 현실의 모순에 저항할 수 있는
인간으로 만들기 위해
진실을 말하고 쓰는 이성을 갖기 위해서이다.

이것이야 말로 인민교사의 모든 것이다.
그것은, 분필을 쥔 손,
한마디 한마디에
새로운 힘을 격한 정열을 불태워
강한 생명에 환희를 느끼게 하는 것이다.

무엇을 먹어도

임일호

'마음에 들었다'
'나는 확실히 마음에 들었다'

작업복 입은 채로
때로 얼룩진
힘센 팔을 휘휘 젓는다……
술 한 잔 걸친 얼굴엔
부스스 수염이 길게 자라 있다

우선 나는 냄새나는 외국쌀을
먹고 있다
게다가 절인 시래기도 먹고 있다
그렇지만 막걸리를 마시면
단번에 힘이 난다

나는 확실히 마음에 들었다
막걸리는 싸다, 맛있다
게다가 내 마음도 알고 있다
하하하하하……

막걸리 가게 놈은
좋은 책을 읽고 있고
'잘 살고 있다'
응!……
확실히 마음에 들었다
우리들은 젊다
우리들은 즐겁게 살아간다
외국 쌀이나 절인 시래기나 콩찌꺼기를 먹어도
막걸리를 마시며
우리들은 즐겁게 살아간다

어두운 밤하늘에 큰소리로
  '막걸리는 맛있다
마음에 쏙 들었다……
막걸리 마시는 놈은
유쾌하게 살아간다' 하하하……
하하하하……
주변에 울려 퍼진다.

[투고 작품집 - 거리 구석구석에서]

동지들이여!

부덕수(옥중에서)

평화와 해방을 향해
싸우는 동지들이여!
주은래周恩來, 김일성金日成성명
불같은 말
그 한마디 한마디가
고개를 언덕을 산을 넘어,
바다를 건너,
이 세상 어느 구석에도,
거리에서 마을에서 공장에서
일하는 자들 속에 흘러넘쳐
참 모습을 알리는 소리
그칠 줄 모르는 눈물이 되어
많은 사람들에게 평화의 물결이 되어
조국의 자유와 독립을 위한 투쟁의 승리를 고하고
세계 평화는 반드시 승리한다는, 확신을,
사람들의 마음속에 널리 퍼뜨렸다.

죽다 살아났다, 며.
펄쩍 뛰며 기뻐하던
달러의 용병인, 전선의 미군병사
어머니의 따뜻한 사랑에 안기기 위해
하지만-
새로운 전쟁을, 일으킨 원흉들은
피에 굶주린 짐승들은
아시아 사람에게 피를 흘리게 하여
자신의 달러상자를 한층 부풀리려고
아시아와, 일본의
민족해방투쟁을
탄압하는데 몰두하고 있는 것이다
조국의 명예를 지키기 위해
싸우는 동지들이여!
우리들 청년을
인도해주는 별이면서,
태양이신 영명한 지도자
김일성원수는, 말했다
조선은 꽃의 나라이다
봄이 오면, 산에나 들에나
형형색색의 선명한
꽃이 어디에나 피어 향기를 풍긴다

하지만 침략자들은,
온갖 수단을 이용해
이 아름다운 땅을
한조각의 폐허로 만들어 버리려 하고 있다.

고동치는 격한 분노의 소리를
지금, 조국 삼천리 산과 들에
한층 더 많은 피가 흐르고
불길이 타올라
조국 땅에
홍수처럼
삶의 보금자리를 날려버리고
마치 회오리바람처럼
사납고 두려운 암흑의 날들
아이들의 신음소리
수 천 수만의 죽음
촌락을 뒤덮는 검은 연기
수용소 철조망 그늘에서
죽어 가는 형제들
이 폭풍우 속에서 싸우는
조국의 부모, 형제, 자매
우리들 60만 동포

한 가족이 되기 위해
업보로 둘러싸인 조국에서
조선인민이 승리한 다음
조국의 완전한 통일독립의 한걸음을 내딛고
세계평화를 가져오는
평화의 성명은,
조선인민의 재 승리
세계평화세력의 승리이다
미제국주의자여!
피로 물든 마귀의 손을 거두어라!
오로지 단 하나의 필승의 신념을 품고
싸우는 동지들이여!
월가의 신사들은
자신이 앉아있는 나뭇가지까지
베어버리려고 하는 자는 없지 않겠는가,
조국의 해방과
청년생활과 자유와
권리를 지키는 투쟁으로
연마한
근육질의 씩씩한 팔을 치켜세우고
장작을 짊어지고 불로 쳐들어가는
미국제국주의자들을

자신이 붙인 불길 속으로
처넣어라!

피와 생명을 걸고
싸우는 동지들이여!
평화와 해방의 길
사랑하는 조국의 영예를 지키는 길
평화성명은
사방팔방에서 파시즘에 둘러싸이고
거기에 무거운 문에 닫혀
이 높은 하얀 벽속에서
심장은 활활 타,
태양처럼 밝게
철 격자문에 비춰져
다시 해이해지지 말고, 맞서
조국과 인민을 위해 싸운다
다만 자신을 아랑곳하지 않고
용감한 아들로 단련되어
동지들의 투쟁 속에
동포의 선두에 서서
싸우는 동지들과
팔짱을 끼고

발걸음을 맞추어
앞으로 전진하는 기쁨에
가슴 부풀었던 우리들을
따뜻하게 맞아주기를
청년이여
철 같은 주먹을 치켜세워라
기회를 놓치지 말고
평화와 해방의 성명을
민주애국청년동맹 오사카본부에 결집하여
행동으로써 맞서 싸워라!

젊은 동무들3)

민해

華麗하게裝飾한거리에
삘딍이 林立하는 골목마다
美資의 달콤한 波濤결이
人類의骨髓를 소리없이浸喰하고

虛榮과野慾에 얼거진假面들이
침침한五色네온 밑에서
빨강입술로 내어뿜는
썩은냄새를 마시고있슬때

보아라!
쓰러저가는 人類의骨柱를
힘차게 껴안고 서있는
勇敢한 젊은 동무들의 모습을!

日本에 원쑤된 이땅에도
휘-나섰다 조선의아들딸들이
人類의滅亡을救하는 싸움터로
뷘주먹 내어들고 나섰다!

---

3) 한국어시로 원문그대로 표기함.

넘치는 鬪志와 正義론피는
祖上의 짓밟였든 三一의 피인양
불꽃같은 눈초리는
敵들의 가슴을 쏜다

굶주린 人民들의 어께를 껴안고
革命의 깃빨 높이들었다
都合에서도 山村에서도
날카라온 神經戰이 버러진다

일골목 저거리에서도
敏速한 知慧론 싸움들이
소리 없이 쏴-하고
敵들의 가슴을 서늘케한다

젊은 동무들이여!
激噴에 넘친
一時의 勝利를 求하지말자
'勝利는 最後에 온다'고!

그누구 敎訓이든고?
우리는 안다 勝利의方法도!

大衆의 旗幅지키어 싸우는方法을
大衆의 信望밑에서 싸우는法을

六十万 가슴에안고 前進하는
젊은동무들의 발길 발길
知慧에넘치는 눈동자들
너그럽고 따뜻한 우슴들이 간다 간다

동지는 일어섰다

유해옥(히라카타枚方사건[4])피고)

조국의 동지는 살해된다
조국을 지키기 위해
'자유' '평화' '독립'을
쟁취하는 그날 까지
당당하게 투쟁하고 있는
조국의 동지는 살해된다

조국의 동지를 죽이는 무기가
우리들의 눈앞에서 만들어지고 있는 것이다
미국제국주의자와
그 앞잡이
매국노들의 손에 의해
조국의 동지를 죽이는 무기가
우리들의 눈앞에서 만들어 지고 있는 것이다

---

4) 히라카타 사건은, 구 히라카타 육군 공장을 코마츠小松제작소가 불하
   해 포탄 제조를 재개하려고 하던 것에 반대해 폭파를 시도했던 운동
   으로, 폭탄제조 공장을 재일조선인들과 학생들이 중심이 되어 폭파하
   려고 1952년 6월24일부터 6월25일 새벽에 걸쳐, 재일조선인과 학생들
   이 중심이 되었던 운동이다.

조국의 아버지가 살해된다
조국의 어머니가 살해된다
그 무기가……탄약이
우리들의 눈앞에서 만들어 지고 있는 것이다
평화로운 조국을
'파괴한다'
그 무기가……탄약이
우리들의 눈앞에서 만들어 지고 있는 것이다

히로시마広島의 비극을 다시 반복한다
원폭의 아이를 다시 만들어낸다
비참한 전쟁을 다시 일으킨다
그 무기가……탄약이
우리들의 눈앞에서 만들어 지고 있는 것이다

-이것을 가만히 보고 있을 수 있겠는가-
-이것을 가만히 보고 있을 수 있겠는가-

정의의 피가 용솟음친다   피가 끓는다
동지는 일어섰다!!
동지는 일어섰다!!
그리고 동지가 반대했다

히라카타 공창工廠에서 병기제조 하는 것을
구 고우리香里 화약고가 부활하는 것을
나는 있는 힘을 다해 반대했다
라는 이유만으로
방화미수, 폭발물 단속 벌칙위반
이라는 '엉터리' 죄목으로
붙잡혀서 지금
벽돌건물 흰 벽에서
좁고 좁은
철창에 빛이 차단당하는
구치소 '감옥' 속에서
헌법을 무시하고, 폭력으로 감금되었다
그리고 몇 명인지 알 수 없는 동지와 함께
하지만 우리를 탄압해도
구치소 '감옥' 에 처넣어도

'자유' '평화' '독립' 을
쟁취하는 그날 까지
씩씩하게 싸울 것이다

동지의 단결을!!!
국민의 단결을!!!

무너뜨릴 수 없다
조국동지를 지키고
조국의 '아버지' '어머니'를 지키기 위해
'자유' '평화' '독립'을
쟁취하는 그날 까지
그때까지 싸울 것이다
손과 손을 맞잡고
히로시마의 비극을 다시 반복하고
원폭의 아이를 다시 만들어내는
전쟁방화자들로부터
아시아를 지키기 위해
그날까지 싸울 것이다
손에 손을 맞잡고

동지는 일어섰다!!
동지는 일어섰다!!

지금 케이한신京阪神 수십만 수백만의

동지는 일어섰다!!
굳게 단결한
동지는 일어섰다!!

잡히기 전에

김주

불탄 자리에 여름풀 무성해지고
한 줄기 길이 나있다.
예전에는 상점가였다
이 길의
무참한 모습은
지나간 일의 잘못을
사람들의 아둔함을
이야기하고 있는 것은 아닐까

단단한 콘크리트도
가루로 날려버리는 무차별 포격
그 속에서 무엇이 남을까
살해당한 사람들의 절규가
이 길에 선연히 남아있다.
죽어 마땅한 자가 살고
살아야 하는 자가 살해당하고
살아남은 나는
살해당한 사람들을 위해
살아 마땅한 사람들을 위해
그들을 위해

싸워야만 하는데
아아 교사의 사명을
짊어진 내가
이렇게 망설인다면
아이들은 어떻게 될까,
6월 25일
마치카네야마에서 평화의 횃불을
들었던 선생님이
어제 곤봉에 맞으며
끌려가셨다.
선생님을 빼앗긴
그 아이들을
대신해 가르치지 않으면 안 되는 것이다
자라만가는 여름풀이여
장난치는 들개들이여
너희들은 알고 있는가
평화롭고 자유로운
그리고 진정한 길을!
헤매는 나에게
무언가 가르쳐 줄 것인가

세퍼트도 아니고 테리어도 아닌

가난한 사람들에게 키워져 겨우 연명하며
툇마루 아래서 살아가는
똥개,
여기저기서 왕왕 짖어댄다
개 사냥꾼이 온 것이다.
주위를 둘러싸인 개들은
부들부들 떨면서
몸을 감추려고 여름풀 무성한 곳으로 뛰어 들어간다
잘 갈린 가는 철사가 빛을 받아
번쩍 빛나는 순간
한 마리 개가 걸려들었다.
죽음에 몸부림치는 개 사냥감에 기뻐하는 사냥꾼
목이 조여 오는 괴로움에
사지를 벌리고 힘껏 버티고 날카로운 이를 드러내며
개는 철사를 끊어버리려고
필사적으로 저항한다,
하지만 사냥꾼의 곤봉은
개의 정수리를 향하여 일격 다시 일격
저항도 헛되고
개의 눈에서는 피가 흐르고
혀는 늘어져 사지를 축 늘어뜨리고는 죽고 말았다.

그 가엾은, 개의 죽음은
망설이는 나에게
이렇게 호소하고 있는 것일까
거기 서서 망설이는 교사여
나는 죽었지만
나의 눈빛은 누구도 죽일 수 없을 것이다
투쟁은 끝나지 않았다!
뭐 하나 훔친 적 없이
그저 가난한 주인에게 나는 한주먹의
잔반을 받아먹으며 살아왔다
내가 무엇을 잘못했단 말인가
세퍼트처럼 테리어처럼
태어나지 못했기 때문이라는 건가
망설이는 교사여, 너도 나도
같은 처지라는 것을 알아라
네 친구는 어제 잡혀가지 않았는가
네이팜탄에 타 죽임당한 것도
네 동포가 아니던가
배를 도려내고 독가스로 고문당하며
세균에 감염된 것도
모두 모두 네 동포가 아니던가

망설이는 교사여
지금 네 목을 조이려고
날카로운 손톱을 한 악마의 손이
네 정수리를 치는 곤봉이
네 심장을 관통하는 피스톨이
너를 산산조각 나게 하는 원폭이
너를 위해 준비되어 있다
들개인 나조차도 싸웠다 살기 위해!
인간인 너는 지금이야말로
무조건적으로 투쟁을 시작해라 붙잡히기 전에
붙잡히기 전에!

투고환영

시, 평론, 비평, 르포르타주를 모집합니다.
4백자 원고지 4장까지.
마감은 매월 마지막 주 일요일까지.
서체는 명확·정중하게.
원고는 돌려드리지 않습니다.
수신처는 당 편집소 앞.

조국의 산은 푸르다[5]

김천리

콘크리트
  빌딩위에서,
  '잠시나마 봄을 싹트게 해 줄까'
  미군의 눈은 속삭였다
하하하하
  웃어주자.

비행기 위에서
  '조선의 산을 부수고,
  한 채의 집도 남기지 말고,
  전부 회색으로 만들어라'
  미군의 눈은 외쳤다,
하하하하
  맑게 갠 5월의 메이데이,
  '외출금지'
  철문을 내리고
  파란 하늘을 바라볼 수 없던 놈,
하하하하
  뽐내며 타고 돌아다니던,

---

5) 목차의 제목과 상이함.

　자동차가 타버릴 거다,
하하하하

봐라!!
　우리들의 조국은,
　폭탄, 포탄 속에서,
　자라난, 씩씩한 싹이,
지금 전 국토에
　5월의 어린잎이 되어
오-
　멋지게
　자라고 있지 않은가,
조국의 산은 푸르다!!

　원폭을 떨어뜨려 줄까,……
　'평화(봄)를 베풀어 줄까'
　푸른 눈이 속삭인다
하하하하
　뱃가죽이 찢어질 만큼
　웃어주자,
네 뱃가죽은 두껍지
　자네 가죽도 두껍다

하하하하
  우리들 가죽은,
  전부 두껍다

하얀 손과 망치

김희구

네 개의 눈은,
먼 곳에서
굴뚝의 연기를 바라본다.

　　높은 지붕위에서
개미를 바라다본다.
짓밟힐,
성벽을 쌓아올린다.
그 위에 천막을 친다.

네 개의 눈은,
연기의 행방을
응시하려 하지 않는다.

하얀 손과 금으로 된 완장-.

다 타버린 철 속에서,
끓어오르는 생명의 불길-.
한줄기에-, 하나의 것에-.
두려워하지 말고, 땅속에서,

슬퍼하지도 말고, 진흙 속에서,
어둠속에서, 길 그늘에서,
끓어오르는 의욕을 가지고
메아리치는, 그 격함.

어둠을 뚫고-
벽을 통과하여-
굴뚝에서
빨간 연기가 피어오른다.

때 묻은 기름 냄새나는 손과 망치-.

네 개의 눈으로 있을 것인가-,
망치를 잡을 것인가-,

신의 손은-.
역사의 눈은-.

개표

김시종

생각은 이렇게 창대한데
표수는 이렇게 작다.

겨우 한 장의 종잇조각에
수많은 이들의 생각을 적는 것이다,
생각이 넘치는 인간도
아첨밖에 모르는 인간도
한 표 한 표를 던진 것이다.

끓어오르는 분노는 사그라지지 않는데
우리들은 수수방관하며,
생각에 잠기지 않으면 안 된다-

이보게 형제여!
의사표시의 권리를 가지지 못한
우리들 조선인이
불의 투표를 다시 하자,

머지않아 위에서 덮칠 것이다
중압 때문이라도

우리들은 조용히 조용히
마음의 표를 나누어 주자,

응고된 원자핵처럼,
눈에 보이지 않는 분노를 안고
자네들의 표를 품을 때,
원폭 아이의, 기지 아이의,
바다, 저편의 전쟁피해자 아이의
뜨거운 뜨거운 숨결을 내포한다.

표는 적다,
의석도 적다,
하지만 그 한 표 한 표에는
폭발직전의 목숨이 달려있다.
작게 작게 단단히 단단히
응고된 그 힘,

머지않아 내광을 발할 것이다
큰소리와 함께
열쇠구멍의 파수꾼들을
쓰러뜨릴 것이다!

그때야 말로
하나의 표에, 한마디 쓸 것이다!

1953년 4월 24일

총선거 속보를 입수하고

[르포르타주 – 가성을 높이자]

서오사카西大阪를 둘러싸고

김호준

　후쿠시마福島 고노하나此の花 일대를 우리는 서오사카라 부른다. 이 지역은 이른바 니시록샤西六社 굴뚝이 험한 벼랑처럼 빽빽하게 늘어선 공장지대이면서, 우리시인집단의 중진인 김민식金民植군의 활약 무대이기도 하여 기자는 어느 날 서오사카방문을 추진하기로 했다.

　　×　　　×　　　×　　　×　　　×

　서오사카에는 약450가구의 동포가 밀집하거나 흩어져 밑바닥생활에 허덕이고 있는 곳이다. 그야말로 '돼지우리 같은' 곳이라 할 수 있는 판잣집, 목재와 판자를 어설프게 이어놓은 오두막집 등도 수도 없이 늘어서 있다. 청년이나 어른들은 물론 아주머니나 할머니 등이 넝마주이나 날품팔이 노동자로 집을 비우고 있어 낮에 들려도 부재중인 집이 많아 애를 먹었다.

　그러나 이런 밑바닥생활자들에게도 빛나는 투쟁기록은 얼마든지 있다.

　민족교육을 지키려는 투쟁도 다른 지역에 뒤지지 않는다. 후쿠시마 조선인소학교에서는 약40명의 아동이 자주적인 민족교육을 받고 있는데, 제대로 된 학교건물을 가지고 있는 좋은 학교이다. 제일 먼저 기자는 우선 학교를 방문하기로 했다. 나는 좁은 문을 빠져나가 이李선생님을 만났다.

"일본학교에 다닌 아이는 공부를 못해 큰일입니다"

라고 말하는 이 선생님은 서른을 넘긴 안경을 낀 부드러
워 보이는 듯한 사람이다. 선생님은『진달래』제2호를 받아
첫 페이지를 펴더니

"저런! 조국어가 아니잖아요? 일본어로 아무리 훌륭한 문
학이나 시를 쓴다 해도 조국에는 한 치의 도움도 되지 않아
요." 라며 처음부터 통렬한 비난을 받았다. 그러나 일조친선
日朝親善의 입장에서 그것이 필요하다는 것을 설득하자 우리
들의 움직임에 크게 호감을 보이며 다음호에서는 '조국어'
로 된 시를 투고해 주시겠다는 확약을 받아냈다. 어쨌든 징
조가 좋다.

민족교육투쟁과 나란히 이번 총선거투쟁에서도 오사카에
서 가장 뛰어난 활동을 펼친 것은 서지부 여성동지이다. 평
화와 애국의 후보자를 보내기 위해 없는 돈을 몽땅 털어 자
금모금활동을 하거나 조선전쟁즉시정전서명을 획득하는 등
눈물겨운 활동을 했다. 이러한 투쟁에 헌신적이었다고 하는
안安씨 아주머니를 저녁녘에 방문했다. 안씨 아주머니는 이
미 나이 50 고개를 넘어 피부에는 수많은 고뇌의 깊은 주름
이 패어 있다. 그래도 먹고 살기위해 늙은 몸을 이끌며 날
품팔이 노동자로 일하고 있는 것이다. 아주머니는 그 직장
에서 하루에 140명의 서명을 받아내는 기록을 만들었다.

아주머니는 식사준비에 신경 쓰면서 띄엄띄엄 한국어로
말한다.

"많은 사람들이 이걸 공산당 서명이라더군요. 그래서 저는
말했죠. 빨갱이건 뭐건 상관없잖아요. 당신은 전쟁이 끝나길
바라지 않나요? 라고 서툰 일본어로 말하면 대부분 서명해
주더라구요."

　서명을 주저하거나 매정하게 거부하는 사람에게 정색하며 설득하는 아주머니의 고귀한 모습이 생생하게 떠올라 나는 마음이 아팠다.

　그러나 이선생님이나 안安씨 아주머니가 있음에도 불구하고 서지부 동포의 표정은 어둡다. 특히 청년들은 더욱 그렇다. 주정뱅이의 주정도 없고 노랫소리도 들리지 않는다. 그렇게 생각해서 인지 굴뚝의 검은 연기까지도 답답하게 느껴진다. 생활고의 중압이 얼마나 큰지를 말하고 있는 것일 것이다.

　그래도 여성 활동가인 홍洪동무를 만나고 나서 이 암울한 인상도 말끔히 씻겨 졌다. 그녀는 끈질김과 헌신에 있어 서지부에서 비할 자가 없다한다. 그녀는 집안일과 활동을 하는 틈틈이 시창작도 하는 『진달래』의 팬이기도 하다.

　"『신여성』에 세 번이나 투고하여 마지막에 겨우 실린 적이 있어요."라며 그녀는 눈동자를 반짝이며 말한다.

　그렇다 홍동무처럼 서오사카 청년들도 반드시 초롱초롱한 눈망울로 그 입으로 노래를 뿜어내는 때가 올 것이다. 앙상히 뼈가 드러난 젊은이의 거친 손을 힘껏 뻗어 먹구름을 뚫고 그 손바닥에 태양광선을 움켜쥐는 때가 올 것임을 믿자. 그러기 위해 우리들의 목소리를 한층 더 높여 확산시켜야 함을 통감하면서 높은 언덕에서 돼지우리나 다름없는−그러나 정감있는 집집마다 이별을 고했다.

　본지 2호의 「잠들지 못하는 밤」 이 우수작으로 조선 문학회 중앙기관지 『문학보文學報』 3호에 전재되었습니다. 우리들은 이성자李星子동무에게 박수를 보내고 분투를 빕시다.

촌평(보내주신 서신 중에서)

" 『별토』 " 편집자 구사쓰 노부오

어제 『진달래』 2호를 받았습니다. (중략)

2호는 창간호에 비해 작품의 완성도면에서도 한 단계 높아진 것 같습니다. 창간호에서는 대부분의 작품이 조국 조선에서의 투쟁에 대해 표현하려하여 조국에서 생활하고 있지 않아서 다분히 개략적이라 생각했지만, 2호에서는 자신들의 생활을 통해, 생활 속에서 노래해 가려는 방향과 노력이 보여 매우 안심이 되었습니다. 예컨대 권동택씨의 「미군 병사의 구두」의 경우, 백화점 옆에서 구두 닦는 소년에게 내민 병사의 구두에서 작자는 예리하게도 미군병사의 구두는 조국의 땅을 알고 있음을 감지하고, 거기에서 발상을 얻어 조선 전쟁에 대한 작가의 상상력이 발휘되고 있습니다. 아직 표현의 힘이 부족하여 상당히 개념적인 경향은 있지만, 이 시-그 테마를 포착하는 법-에는 주목했습니다.

그 외 김종식金鐘植씨, 임태수林太洙씨의 꾸밈없이 솔직하게 쓰는 시에 저는 대찬성입니다. 이런 시를 전체적인 경향으로 만들어갈 필요가 있다고 생각합니다. 김민식씨의 작품은 나카노 시게하루中野重治의 「비 내리는 시나가와역雨の降る品川駅」의 영향이 보이는데, 이것을 노골적으로 드러내게 되면 이 작품이 갖는 힘을 약화시키지 않을까 생각했습니다. (이하 생략)

『진달래』 신회원이 되어

김천리

짬이 없는데 시를 쓸 수 있을까? 그런 태평스런 일이 가능할 리 없다고 나도 생각했다.

창간호를 낸 동무들이 함께 하자고 권유했을 때는 사실 귀찮기 짝이 없었다. 『진달래』를 보면 대단한 것도 아니고 이런 책을 들고 다니며 "저는 시인입니다"······라 말하는 얼굴을 빈정거리듯 보고 있었다. 그러던 어느 날 밤 심심풀이 삼아 읽어 보았는데 뭔가 뭉클하게 가슴을 파고드는 것이 있지 않은가!

동무들의 얼굴이 하나하나 떠올랐다. 몸이 세 개정도 있었으면 좋겠다고 말하면서도, 시를 쓰는 것뿐 아니라 등사본을 만들어 제본하며 변함없이 활동을 계속하고 있다. 3, 4일정도 철야를 했을 것이다.

유치하다는 생각에는 변함없지만 이것이 어수룩한 싸움에서 퇴보하고 있는 것이라 말할 수 있을까? 여러 가지 내 나름대로 생각해 보니 이 동무들이 너무나 고귀한 사람들이라 생각되었다. 시가 아니라고 사람들은 말할지도 모른다. 비난하지 않으면 참지 못하는 사람들 때문에 골머리를 앓을 수도 있을 것이다. 그래도 시를 읽지 않고서는 있을 수 없어서 읽는데, 지금껏 우리들이 시라는 것과 인연이 없는 생활을 해온 것일까? '나도 참여해야지'라 생각했다. 마구 시를 쓰겠다고 생각했다. 그래서 나는 시인이 된 것이다. 『진달래』를 간행할 때도 여간한 노력으로는 해내지 못할 것 이다.

또 내용도 빈약하다. 모두들 푸념하고 있다. 그러나 상관없
지 않은가. 자부심을 갖자!

시종동무가 항상 우리들은 역사를 만들고 있다고 말한다.
"또 십팔번이 시작되었네."라 모두들 웃으면서도 '그렇다'
는 자부심을 가지고 있다.

우리들은 시인이다. 우리들의 시는 고상한 시가 아니다.
현란한 사랑을 노래하는 시 또한 아니다. 압도당하고 있는
생활에 대한 분노의 시이다. 그리고 시대의 주도권을 잡고
있는 자만이 한없이 큰소리로 웃을 수 있는 시이다.

우리들은 시인이다!

안테나

고주파高周波

친애하는 수백만 동포들의 핏방울로 이뤄낸 정전회담은 실질적으로 성공리에 끝나 3년간의 미국제국주의자들의 피에 굶주린 더러운 발에 짓밟힌 아름다운 우리조국 산하에 평화의 종이 울리려 하고 있다. '조선의 즉시 정전'이라는 외침은 우리들 조선인이 3년간 부르짖어왔고 그것을 위해 우리들은 크건 작건 간에 활동을 계속해왔다. 이 외침은 목이 마를 때 물을 찾는 것처럼 치열한 것이다.

趙조군도 그중 한사람이다. 다나가와사건多奈川事件[6]으로 다리를 다쳐 절뚝거리는 조군은 필자의 뒤를 이어 얘기해주었다.

'8일 7시 뉴스(조군은 마지막 부분만 들었다.)에서 정전회담성립이라는 보도를 듣고 나는 가만히 있을 수 없었다. 비가 오는 와중에 부락사람들을 모아 축하연을 연 것이다. 그것은 내 미숙함 때문이었다. 다음 날 아침 신문을 보고 나는 대중에게 오류를 범한 것임을 알고 하루 종일 울었다. 지금은 매일 대중들을 만나는 것이 송구스러워 뒷길로 다니고 있다.'고.

---

6) 조선인에 의한 밀조주 적발이 끊이지 않던 시기에 1952년 3월 24일 오사카국세국은 합동조사팀을 꾸려 일제히 적발하기로 결정하고, 다나카와초 9곳 등의 밀조장소로 향해 용의자를 체포하자 부녀자를 선두로 한 조선인 약 200여명이 트럭 앞을 가로막고 대치하는 상황이 벌어짐. 조직적 집단저항을 일으켜 3월 30일 조선인 1명이 수사도중 도주하다가 사망하는 사건이 발생.

'조군! 자네의 행동은 옳았네. 자네의 기쁨도 옳았네. 기뻐할 때는 만세를 외치게! 최후의 만세를 외칠 때 또한 우리들의 힘으로 일구어냈으니 투쟁을 계속하세! 뒷길로 걷는 것이 잘못된 것이지 축하를 한 것이 잘못한 것은 아니네.'

   ×   ×   ×

'미국합중국 일본지구' '일본인 진입금지' 일본 속의 이국 미국인가를 일본에서 내쫓자고 우치나다 농민만이 기지철거를 외치고 있는 것은 아니지. 시노다 마을 농민들의 이 말에는 조국을 빼앗긴 국민의 비분과 독립에 대한 욕구가 불타 있었다. 술집 여종업원들도 미국군과는 자지 않겠다며 나섰다. 조선정전은 일본국민에게 평화에 대한 확신을 굳게 했다. 이 사람들과 함께 평화롭게 살기 위해 싸우자!

『조선신민주주의 혁명사』

간행회 통지

조선평론 편집부가 기획하고 열과 성의를 다해 세상에 던진 역작, 김종명金鐘鳴선생의 편집에 의한 『조선신민주주의 혁명사』(5월 서점발행) 간행회를 다음과 같이 개최합니다.

관서지방에 살고 있는 조선인이 시작해 이룩해낸 지식의 결실로 앞으로도 더욱 확실한 행보를 계속해 주실 것을 격려하는 의미로 회원, 비회원을 막론하고 많은 분들이 참석해 주실 것을 부탁드립니다.

일시 7월5일(일) 회비 백 엔
회장 모리노미야森之宮 시립노동회관(내정)
주최 조선시인집단
　　　일한친선문화인간담회

찰리의 죽음
켄터키 산막에서 우는 나이든 그의 어머니를 대신하여……

한라

1, Y신문의 3면 기사
　5월 2일 오전 3시
　신주쿠新宿 니시오쿠보西大久保
　호텔·동경東京의 어느 방에서
　매춘부 K양은
　찰리하사를 독살하고
　그의 소지품을 훔쳤다

2, 형사실에서
　신문기자에게 들키지 마라
　진단한 의사는 비밀로 해라
　얼굴에 경련을 일으키며
　주임과장은 명령한다

　지금 막 A사의 화차가 왔다
　K양을 서둘러 송치해버려
　자살 따위나 하는 녀석과
　함께 하루 밤을 보낸 것이 문제다
　범죄제조자들의
　굶주린 피는 미쳤다

K양을 살인범으로 만드는 것이다
....

도망가는 미군을 지키고
근거 없는 전쟁에서
싸우게 하기 위해
시멘트바닥에 뿌려진 물
먼지투성이로 어두운
이 형사 실에서도
있지도 않은 일을 사실로
피해자에게 범죄자로
장기 말을 늘어놓는 것처럼
간단하게 바꿔놓기 시작한다

3, S · P는 보았다
어두운 비구름이
별도 가린 한밤중
조선 행을 앞두고
외출을 금지당한
캠프 다치카와立川의
높은 철조망을 넘어
술과 여자의 세계로
도망가는 도중에

I COMEBACK TOMORROW MORNING
찰리는 외로운 듯한 얼굴로
가는 눈에 미소 지으며
쑥스러운 듯 머리카락을 만지작거리며
나가는 것을 나는 보았다

그때만은
미국인에게 향해도 좋다
카빈 총구를 그의 가슴에서 꺼내
어둠속으로 사라져가는
그의 뒷모습을
나는 깊은 생각에 잠겨
힘없이 바라보았다

4, 항의로 외치다
찰리를 죽이다니
그런 일이 가능하다면
몸을 찢어 청춘을 팔아
언제 죽을지 모르는 목숨을 연장하느니
오히려 내가 죽어버리겠다

엄마처럼 사랑해줘

이것은 전부 당신에게 주겠소
짧은 머리를 내 가슴에 묻고
애무를 원하면서
전쟁이 싫소
조선에 가고 싶지 않소

엄마가 있는 곳으로 돌아가고 싶소
한숨 쉬며 볼을 비비며 외친다
이순간만은 당신이―내――엄마―
그는 내 유방을 만지작거렸다
갓난아이가 엄마의 가슴을 찾듯이

광택을 잃은 가슴에
그의 얼굴을 묻고
그도 나도 전쟁희생자
나는 한숨을 쉬며
비참한 전쟁은 싫다!
억울함에 피가 거꾸로 솟아

그와 함께 울었던 나인데
찰리를 죽였다고
....

나는 유치장에서 외친다

찰리를 죽인 것은
나를 살인범으로 몰아넣은 자라고
19살 젊은 나이를 아도름[7)에 의지해
목숨과 살을 사람들에게 팔며
남은 목숨 연명했는데
이렇게 만든 것은 누구던가

나는 외친다
떨리는 목소리로

어디의 어느 놈이
사기꾼이라는 것을 알고 있다고!

★합평회

다음과 같이 합평회를 개최하오니 많이 참가해 주세요.
6월27일(토) 오후 6시
히가시나카가와東中川 조선소학교
★다음호 원고 마감 다음달 3일까지

---

7) 수면제의 일종

욕구

안휘자

정말일까?
행복이란
'현재에 만족하는 것이
행복이다……' 라는 말

누군가 말했지만……
철학자 같은 훌륭한 사람이
말했다고 한다
하지만 나는 포기하지 않을 것이다!
이런 잔혹함을
언제까지나
참는 것은,

가만히 나는 생각한다
현재에 만족하라고 말한 사람은
분명 우리들을 억누르고 있다.
저 권력자라 불리는
사람들이 아닐까
분명, 그렇다
그럼에 틀림없다

나는 절대로, 절대로
포기하지 않을 것이다
행복을 얻는 그날까지-
　무슨 일이, 있어도
　무슨 일이, 있더라도

자각

최혜옥

아아 봄의 방문에
　　초목들은 잠에서 깨어난다,
따뜻한 태양빛 속을,
　　작은 새들은 노래한다,
꽃 사이를 날아다니는 나비의 모습은
　　아름다운 행복자

아아 봄의 방문에
　　젊은이들은 대지를 힘껏 밟으며
밝은 태양 빛 속을
　　뜨거운 가슴 고동치는,
애인과 얘기하는 처녀의 모습은
　　사랑스런 행복자

아아 봄의 방문에
　　사람들은 괴로움 속에서 자신들을 발견하고
격심한 투쟁의 폭풍 속을,
　　적에 대한 증오에 떨면서,
투쟁에 나서는 모습은
　　씩씩한 행복자

눈동자

김민식

적에게 포위됐다.
너는, 알몸으로 벗겨져
몸을 지킬 바늘 하나도 없다.
손발이 묶이고
포박당하고
뼈는 삐걱거리고
등 뒤로 양손이 악수한다.

너는 단단한 결의로 올가미를 쥐어뜯으며
증오의 핵심에서 친구를 지켰다.
                ○
나는 보았다.
너의 어깨품은 넓고
그 눈동자는 불타고 있다.
쩍! 갈라진 열화처럼.

편집후기

※아주 긴 봄방학이었습니다. 진달래에 들뜬 것은 아니지만 여름에 시드는 것이 두려워 천천히 수분을 취하며 뿌리를 내리는데 노력했습니다.

이제 약한 비바람에 쓰러지지 않을 것이라 생각해보지만 의외로 적은 자신의 마음속에서 무너지는 경우도 있는 만큼 한층 더 확고히 할 필요가 있는 것 같군요. 3호가 늦어진 것을 사죄드리면서 씩씩하게 일어서려는 우리들 집단을 어떻게든 지도편달 해주실 것을 회원 여러분께 부탁드립니다.

※9명으로 시작한『진달래』가 지금은 회원 30명 정도에 이르렀습니다. 지난 8일 총회에서 더욱 확실한 당집단의 성격이 정해져 취미로 모이는 집회가 아닌 어디까지나 혼의 기사인 우리들 즉 대중운동의 공작자로의 우리들임을 인정했습니다. 우리들의 의지여부에 따라 오사카 문학운동에 새로운 하나의 형태를 만들어 낼 것입니다.

그저 쓰기위한 시가 아니라 그 작품의 활용이야말로 문제이기 때문입니다. 시를 쓰고 활동하면서 확고히 해가는 것이야 말로 하나의 주체로 연결된 우리들의 사명이기 때문입니다.

※2호도 그랬지만 3호도 옥중 동지들로부터 많은 작품, 비평을 받았습니다.

지면 형편상 많은 작품을 할애 할 수밖에 없었지만 특히 2호 부덕수동지의 주장「문화인에 대한 의견」에 대한 의견을 통해 많은 것을 배웠습니다. 할애에 대한 사죄와 전 회원 여러분들께 동지적 악수를 보냅니다. 조국에도 휴전이 왔습니다. 앞으로 다가올 새로운 투쟁의 가능성을 위해 한

층 더 붉은 혈기를 불태웁시다. (김시종)

회원록

서기부 홍종근 김천리 박실
편집부 김시종 한라 김민식 이정자 김희구
회원(입회순으로)
임일호 권동택 송익준 이구삼 송재랑 이성자 김덕종 임태수
김호준 최혜옥 안휘자 이건신 고운종 고영덕 한광제 소전담
고우준 김원균 강순희 유영조 허종행

『진달래』제3호

   1953년 6월 22일 인쇄
   1953년 6월 22일 발행
   가격 25엔
   편집겸 발행인 김시종
   발행소 오사카시大阪市 히가시요도가와구東淀川区 쥬소十
      三 히가시노마치東の町 1-3
   조선시인집단 진달래 편집소

進達래 第3号

一九五三年六月二二日印刷 領価二五円
一九五三年六月二二日発行

編集兼発行人 金時鐘

発行所 大阪市東淀川区十三東の町一ノ三
朝鮮詩人集団 진달래編集所

제 4 호

(1953년)

목 차

[주장-반역도란 이름이 붙은 모든 것은 말살되어야 한다]

작품(1)

- 이놈 넌 역시 내 동생이야 / 양원식梁元植
- 우치나다內灘접수반대에 전 주민이 궐기를! 우리들의 조국 / 안휘자安輝子
- 소원 / 소전담邵銓淡
- 강물을 / 임일호林日皓
- 쓰루하시鶴橋 역이여 / 김희구金希球

- 항의문-요코하마 세관에 대하여-
- 수해지역 와카야마和歌山 현에 가다(르포) / 김천리金千里
- 하염없이 내리는 비에게 / 낭독시

6월의 시집(정전停戰까지의 작품)

- 고향의 강을 연모하며 / 이정자李靜子
- 이승만에게 보낸다 / 한라韓羅
- 땅·나라奈良의 황혼 / 권동택權東沢
- 열정을 되살리자 / 박실朴實
- 품-모국 조선에 바치는 노래 / 김시종金時鐘
- 조선의 어머니 / 홍공자洪恭子

작품(2)

- 어떤 풍경 · 한국 중위 / 홍종근洪宗根
- 해바라기 · 먼동 트기 전에 / 김민식金民植
- 작은 새와 나 · 나는 싫어 / 유영조柳英助
- 타로 / 김시종金時鐘
- 정전 / 송재랑宋才娘
- 만가(쉴리) / 번역-고순일高順一

안테나(방담란)

서신왕래-김시종 동무에게 / 양원식梁元植

편집후기

회원소식

目次

═作品(2)═

[요코하마세관에 대한 항의문]

  금번 '귀국자' 문제로 국민외교의 중책을 맡아 중국으로
건너간 히라노 요시타로平野義太郎씨 앞으로 중국 적십자회가
일본인민과 재일 60만 동포에게 보내준 조선민주주의인민공
화국 예술영화 '향토를 지키는 사람들' 이라는 영화를 당신
들이 부당하게 압수하여 중국인민의 호의와 조일양민족의
우호를 훼방 놓았다. 당신들은 1910년 제정된 곰팡내 나는
세관정률법 제 11조 3항 소위 공안을 해칠 우려가 있다는
조항을 방패삼아 요코하마橫浜 세관에서 압수했던 사실을 유
일하게 이유로 들고 있지만, 이것은 법적으로 보아도 불법
행위이며 일본국 헌법에는 검열제 폐지와 언론표현의 자유
가 엄격히 보장되어 있다. 당신들의 이러한 불법행위에 대
한 책임은 결코 피할 수 없을 것이다. 이런 부당한 탄압의
근저에 흐르는 요시다吉田 정부의 우민정책을 우리들은 절대
로 용인하지 않을 것이다. 요시다 반동정부는 일본인민에게
전쟁문화를 밀어붙이고 에로그로문화1)로 마비시켜 모든 건
전한 민족문화를 강탈하고 있다. 세계적인 명배우로 불리는
채플린을 국외로 추방하고 로젠버그 부부2)를 사형에 처하며
세계의 양심에 도전한 미국의 전쟁광들을 추종하는 당신들
의 행위는 세계의 조롱거리이다.
  도처에서 항의를 받고 있는 미국의 전쟁 영화나 에로그로
영화는 마구잡이로 개봉되어 일본전국에 넘쳐나고 일본영화

---

1) 영어의 에로틱 (erotic)과 그로테스크 (grotesque)를 합쳐 선정적이고
   엽기적인 일본의 하부문화를 일컫는 말.
2) 1950년 유대인 부부의 스파이사건. 1953년 6월 19일 전기의자로 각각
   처형됨.

를 잠식하면서 민족혼을 욕 먹이고 있다. 한없이 평화를 사
랑하고 진실을 추구하는 일본인민은 위대한 조선인민의 영
웅적 투쟁을 절실하게 알고 싶어 한다. 중국으로부터의 따
뜻한 선물, 우리 조국 조선민주주의인민공화국 영화야말로
일본인민이 추구하고 있는 훌륭한 예술이라는 사실을 우리
들은 확신한다. 당신들은 그 영화에 털끝하나 건드리지 말
고 우리 조국 영화 '향토를 지키는 사람들'을 일본인민과
재일 60만 동포의 품으로 당장 돌려줘야한다.

1953년 8월
오사카大阪 조선 시인집단

[주장-반역도란 이름이 붙은 모든 것은 말살되어야 한다.]

평양시 특별군사법정이 이승엽李承燁·임화林和 일당에게 내린 처단을 우리는 전면적으로 지지한다.

적은 반드시 외부뿐만 아니라 내부에도 있다는 사실, 이 사실은 수차례에 걸쳐 지적되어 왔지만 이승엽·임화 일당의 반역행위는 재삼 우리들에게 이 사실을 통감케 한다. 시를 쓰는 우리로서는 임화에 대해 더 한층 증오와 분노를 느낀다. 이승엽 일당과 함께 그는 우리 조선민족의 오점이다. 소련동맹에서 베리야 사건3)이 밝혀졌을 때, 작가인 쇼오로프4)는 배신자의 이름은 잊을 수 있다고 했지만 오점은 감쪽같이 없앨 수 있는 것이고 결코 남겨지는 것은 아니다. 지금에 와서 우리들이 수긍할 수 있는 임화의 최근 작품들 대부분은 조국해방전쟁에 있어서의 드높은 영웅성과 애국심에 불타는 인간상을 고의로 왜곡하여 적었다. 「바람이여 전해다오風よ伝えよ」 「너는 지금 어디에 있는가!お前は今何処にいるのか」 이 작품을 보아도 분명히 알 수 있을 것이다. 그는 시인으로 변장했지만 시인이 아닌 반역도였다. 침략자 미국과 내통하여 공화국정부를 전복시키려했던 음모자였다. 우리들에게는 전쟁 중에 태어난 많은 뛰어난 시인이 있다. 그 가운데에도 전사한 조기천趙基天과 유진오愉鎭五라는 이름은 우리들 가슴속에 언제까지나 살아있다. 이런 뛰어난 영웅적

---

3) 스탈린의 중요한 집행자인 라브렌치 베리야의 이름을 딴 것으로 2차대전 후 스탈린 사후까지 권력의 절정기에 그가 주동이 되어 니콜라이 에조프를 숙청시킨 사건.
4) 톨스토이를 잇는 러시아 문학의 대표작가로서 러시아 혁명 때 적위군에 가담.

시인을 참살하고 폭살한 침략자들과 임화는 내통하고 있었던 것이다. 우리들은 격한 분노 없이 이들 역도의 이름을 입에 담을 수 없다. 역도의 이름이 붙은 모든, 피로 오염된 작품을 어떻게 시라 부르며 읽을 수 있겠는가? 우리는 그것들을 모두 말살시켜야 할 것이다. 더 나아가 우리들은 한층 더 분발해야 한다. 우리들은 투쟁 속에서만 시가 태어난다는 사실을 함께 인정해왔다. 진정으로 조국을 사랑하고 민족을 이해할 수 있을 때, 시는 태어난다. 이승엽·임화 일당의 이름이 붙은 모든 것은 오점이고 말살되어야한다.

[6월 시집 / 정전停戰까지의 작품 7편을 싣는다.]

고향의 강을 연모하며

이정자

고향의 강이여
흐름이여
아직 보지 못한 고향의 하늘빛을 비추고
산기슭에 메아리를 울리며
흘러가는 강이여.

지금
묵묵히 흘러가는
수면에
무엇이 비치고 무엇이 메아리 치고
무엇이 감돌고 있을까

조국의 정전을
평화를 갈망하는
노인의 아이의
아기를 품은 여인들의
만신창이가 된 모습일까

오만한 군화짝으로
칼빈총을 들고
붉은 꽃이란 꽃
인간의 마음이란 마음을
짓밟고 유린한 자들의 모습일까

수목을 날려버리고
둘러친 철조망으로
논밭이 도려내어지고
지프차가 질주하는 하얀 도로가
비춰지고 있는 것일까

고향의 강
고향의 물살이여
지금 울려 퍼지는
그 총성은
오오 그 절규는

불놀이 즐기는 놈들의
총살형이란 짓거리겠지
산이나 마을이나 거리를
회색으로 바꾸어 가는
총성인 거다

그리고 조선 방방곡곡에서
메아리쳐오는 절규이고
남편을 아이를 빼앗긴
부인이나 엄마들의
저주의 흐느낌인 것이다

고향의 강이여
물살의 갯바람에
풍겨오는
저것은 무슨 냄새인가

순난자들의
알코올로 태워진
흰 장미의 냄새5)일까
아름다운 혼백의
분노와 슬픔으로 타버린 냄새일까

---

5) 제2차 대전 중 독일에서 일어난 비폭력 반나치운동. 그것을 묘사했
   던 영화가 수차례에 걸쳐 제작되고 반나치운동으로 세계에 각인되었
   다. 일본에서는 흰장미白バラ´ 흰장미저항운동白バラ抵抗運動으로
   불린다.

고향의 강이여
강물을 디젤로
오염시켜서는 안 된다
비행기로 더럽혀진
하늘빛을 비춰서는 안 된다

네이팜탄에
잿빛으로 폐허된
산을 논밭을 거리를
말없이
비춰서는 안 된다

고향의 강이여
그대의 강바닥에
그 절규도
총성도
매캐한 화약내음도
젊은 한 방울의 피도
고이 잠재우고
꿰뚫은 채
분노를 담아
세차게 흘러야 한다.

분노로써
모두에게 대답해야한다

　　　　　　　　조선 완전정전을 바라며

이승만에게 보낸다

한라

늙어빠진 얼굴
주름투성이의 피부와 피부사이에
달러의 도랑이 흐르고
주인에게 아첨 떠는
이승만李承晩이여
너는 무엇 때문에 울고
무엇 때문에 짖고
무엇 때문에 웃는가?

아름다운 우리 조국과
늠름한 우리 동포들을
달러 상인들에게
잘못 팔아먹은
실패의 눈물인가?

붕괴직전에 허덕이는
미국이 운명을 걸고
정전을 깨는 명령을
충실히 지켜내지 못해
당황하며
짖는 소리인가?

온갖
수를 쓰고도
실패하여
빼앗을 만큼 빼앗아
호주머니를 불리려하는
달러 상인들을
꾀어 들일 만큼
꾀어 들여서
불타버린
누런 황토에
힘차게 자란
녹색의 초목을
완전히 태워버리는 대신에
서울 경무대를
개집으로 만들기 위해
눈꼬리를 찌푸리며
애원에
애원을 거듭하는
너의 웃음인가?

힘없이 고개를 숙이고
양키 마누라에게 정신을 잃기보다는

거두절미하고 주인집으로 돌아가
달러 잔디에
해골을 묻어달라고 하는 것이
신상에 좋을 것이다.

경찰에게 끌려가
겨누는 총검 앞에 걷는
정전반대였어야 할 데모가
정전촉진의 데모로 바뀌어 간다.

우리의 동포를
죽일 수 있을 만큼 죽여 봤댔자
나라를 팔아먹는 너의 거래를
속일 수 있겠는가

200만 달러로
60만 재일동포를
길들이려 꿍꿍이수작을 부려도
이승만 너의 사진을
천황대신 알현했던
민단의 간부들이
6월 8일
일제히 끌어내렸다.

안달할 만큼 안달하여
짖고 물어뜯어도 네가 저지른 일은
나라를 팔아먹은 거래이고
우리들의 투쟁을
막을 수는 없다

모든 힘을 합쳐
터져 나오는 우리들의
정전촉진 투쟁은
달러 상인들의 근간을 흔들고
격류로 격류로
거대한 걸음을 내딛는다.

달러의 병균에 썩어문드러지고
푸르게 부어버린 너의 해골을
미국 땅에 묻어달라고 해라

너를 실어온 비행기가
아직 남아있을 때
조선에서 나가라!

흙

권동택

짓밟힌 어린잎은
그대로 시들어버리는 것을 모른다
아버지나 어머니를 누이동생을 잃은 조선의 젊은이는
울거나 웅크리지 않는다
무엇보다도 조국을 빼앗겨서는 안 된다
붉은 조국의 꽃을 말라죽게 해서는 안 된다
조국의 형제는 지금 싸우고 있다
땅에 뺨을 비벼대며 지금 전진하고 있다

그날 미국병사에게 더럽혀진
조선 산의 눈 숲의 눈
봄 햇살에 반짝이며 녹아내린 눈들은
땅에 스미고 나무뿌리에 스몄다
처녀들의 눈물과 함께
눈과 눈물을 삼킨 그 땅에
오늘도 또 피가 스민다
내일도 또 피가 스며들 땅
그 땅에 가서 이손으로 잡고
있는 힘껏 꽉 쥐어보고 싶다
  '조선의 아이' 입니다 라며

나의 이 뺨에 대고 울고 싶다.
굴삭기의 굉음을 쫓아가서
영원히 흙투성이가 되고 싶다

조국의 형제는 지금 싸우고 있다
땅에 입 맞추면서 지금 전진하고 있다
나는 북쪽 하늘을 응시하고 있다

나라奈良의 황혼

권동택

기적소리가 멈췄다.
눅눅한 황혼 속에 멀리 글썽이는 시그널
흑인 병사의 눈동자는 차창에 검게
기차는 움직이기 시작했다.
RR센터6) 등을 차창에 비추고
그들은 조선으로 간다
화약 내음 진동하는 조선을
그리운 동포의 피를 흘리게 하고
어머니 땅 조선을 짓밟고 더럽히기 위해 간다.

차창에서 담배가 버려졌다.
레일 따라 구르며 흩어지는 담배의 불꽃은
그들의 한숨을 어렴풋한 황혼 속으로
스며들게 하고 있었다.
조선의 악몽과 나라의 도취경을 덧없이
오가는 저들의 한숨을
나는 그들의 불꽃을 꺼질 때까지 보고 있다.
이윽고 어둠속에서 그들은 볼 것이다.

---

6) 나라에 설치된 미군 위안부시설. NARA Rest And Recuperation
Center의 약자

지축을 흔들며 다가오는 봉화의 물결을
끔찍한 섬광과 함께

그들은 놀랄 것이다.
박격포탄이 작렬하는 순간을……

붉은 화염은 더 이상 보이지 않지만
붕하고 레일은 울리고 있었다.
그 소리에 나의 가슴은 저려온다.

철컥 어둠속에서
레일이 바뀌었다.
차단기가 무기력하게 가로 막는다
달려오던 열차 창문 속에
흥분된 시선을 느낀다.
그 푸른 눈동자 속에
흙먼지가 날리고
초원은 불탄다.
조국은 살아서 싸우고 있는 것을 나는 보았다
　　　　x　　　x　　　x

열정을 되살리자

박 실

신문 상단의 대문짝만한
이승만 사진을
보여주었을 때
할머니는
표정이 굳어지며
손가락 끝에 힘을 주어
손톱을 세우고,
비틀고 휘젓는 바람에
흔적도 없이 사라졌다

기나긴 인종忍從의 삶에,
진저리를 치고
힘은 고갈되어
단지 타성으로만 살아 있는 듯한
할머니이지만
완전히 말라버린
모공의 하나하나에서 배어나오는
그 숨결은
우리들보다 젊디젊고,
봄바람이 찾아온 듯

우리들 마음의 빙하를 부수고
잠들어 있는 혈기의 흐름을
복원시켜주는 것이었다.

우리 젊은이들
열정을 되살리자

늙어 빠진 할머니가
격한 애정으로
조국의 땅을 찾고 있는데
증오의 시선으로
괴뢰들을 쏘아보고 있는데,
우리들 젊은이가
아름다운 혈기로
조국의 땅을 물들이지 않고서야 되겠는가,
분노의 총탄으로
외적들을 때려잡지 않고서야 되겠는가,

그리고
돌보자 위로하자.
고난의 생애를 참아온
할머니를,

우리들이
든든하게 업고 나가자.

조선의 엄마

홍공자

강철처럼 단단하고
태양처럼 빛나고 부드러운 조선의 어머니들
세차게 비가 내리는 날
찢어진 저고리에 아이들 업은
두 아이의 어머니는 평화서명을 계속하고 있다
일용노동자의 울퉁불퉁한 손에서
아주머니의 말라버린 손에서
아이를 안은 어머니의 손에서
"조선전쟁을 끝내자"
"미국 돌아가라"
"일본에서 비행기, 총을 보내지 마라"라며
수 백 명 어머니의 분노는
한 땀 한 땀 진정을 담아
꿰어져간다.
고단한 날들의 생활에서 태어난
"평화를 지킨다"는 어머니의 목소리는 이 서명에
붉게 물들어간다.

이 크나큰 분노의 소리는
세계의 어머니들에게 파도쳐 간다.

세계의 어머니들은 손에 손을 잡고 싸우고 있다.
무시무시한 전쟁을 멈추는 날이
촌음을 다투며 눈앞에 분명하게 다가왔다.

이윽고
푸른 하늘에 나부끼는 승리의 깃발아래에서
조선의 어머니는
희열에 차 춤출 것이다.

7월 4일

[모국 조선에 바치는 노래]

품 속

-살아계셔 주실 어머니에게 바치며-

김시종

당신은 나를
기억하고 계실까?
막내중의 막내인
막무가내였던 나
당신은 나를
기억하고 계실까?
태백산의 수맥을 따라
나는 지금 당신의 고동 소리에
귀를 기울이고 있다
내가 자란 품속의 확실함을
확인하기위해
난 지금 당신의 숨결의
고동을 듣고 있다

쿵쿵
쿵쿵
이것은 분명하다
내가 당신을 믿고 있는 만큼

당신은 당신에 대해 확실하다
하루에 천개의 탄환도
짐승 같은 독이빨도
당신의 숨결을
없앨 수는 없었던 것이다
당신은 살아있다.
우리들도 살아있다.
당신의 품에 매달려
그저 당신을 위해
살아가고 있다
당신의 혈기는
나의 치기어린 꿈을 씻고 있다

아아 상처받은 가슴이여
그곳에 얼굴을 묻고 실컷 오열하고 싶다
당신을 고통스럽게 하는
비행기가 날아오르는 이 땅에
쇠몽둥이 없는 우리의 원한은 끓어오른다
오직 믿는 것은 당신의 고동이다.
내 심장으로 메아리쳐 온다
당신의 살아있는 숨결의 확실함뿐이다

조국의 어두운 밤을
눈물과 함께 건너온 우리들
눈에 스며들듯 이국의 녹색에
울먹이는 모국의 붉은 땅을 생각한다
화산연기가 오른다!
이쪽저쪽의 계곡에
이 나라의 저 나라의 봉우리에
분노의 화산연기가 피어오른다!

멀리 베트남 숲에 메아리쳐
그 끝에 이어진 인민의
쇠사슬에 부딪혀 끓어 넘치는 분노!
엄마품의 확실함은
총탄의 불빛이 뿜을 때마다
세계 방방곡곡의 지맥을 흔들어대고 있다

땅을 기고 바다를 건너
산을 이루고, 언덕을 이루어,
세계의 산맥은 면면히
당신의 분노의 숨결을 나른다
미제의 짐승같은 야욕을 저지한다
그리운 모국이여,

당신의 넓은 가슴이 있기에
가난하지만 꿈은 살아있다

당신은 반드시
그것을 보장받을 것이다
품속의 꿈에서
천개의 조각 하나하나에
놈들을 증오하는 목소리가 있고
놈들을 쓰러뜨릴 맹세가 있는 이상
당신은 반드시
살아남아 주실 것이다

당신은 수많은
아이들의 시체를 품고 있다
당신은 수많은
아이들의 생명을 품고 있다
사랑하는 품속의 땅이야말로
자신의 생명을 묻을 수 있는 아이들이다
스스로 몸을 던져서 지뢰가 되고
스스로 몸을 던져서 성채가 될 수 있었던 아이들이다.

하지만 나는 여기에 있다
바다를 사이에 두고 미제의 발판인 일본에 있다
제트기가 날고 탄환이 만들어지는
전쟁공범자 일본 땅에 있다
눈을 부릅뜨고 올려보는 하늘의 저편,
모국의 분노는 격렬한 분노의 불꽃을 내뿜고 있다
나를 잊어서는 안 된다 당신을 믿고
나는 당신의 숨결로 바꿀 것이다
맹세를 새롭게 눈물을 새롭게
나의 혈맥을 당신의 가슴에 바치노라-

                                      1953년 5월 20일

[르포]

수해지역 와카야마를 가다

김천리

수해의 참극이 잇따르고 있다. 이것은 천재지변이라고 밖에 받아들일 수 없는 일본의 대중에게 우리들은 무엇을 알리고 무엇을 노래해줄 것인가? 이것은 친히 필자가 구조대에 참가하여 쓴 현지기록이다.

△월×일

오후 4시 드디어 현장에 왔다. 하나조노무라花ぞの村 부지, 머무르는 곳은 초등학교의 창고 같은 곳이다. 맞은 편 법당에 피해자들이 뒤엉켜 잠들어 있다. 오사카大阪를 떠난 지 3일째이다. 산이 휑하니 도려내어져 있다. 고야산高野山에서 40리, 요미우리読売 신문에는 "육지의 외딴섬에서 죽음에 전율하는 마을"이라고 씌어 있었다. 가파른 산을 내려왔기에 털썩 주저앉자 다리가 후들거린다. 집합!!!!!
2소대는 시미즈清水로 간다. 1소대는 고야산으로 맡긴 짐을 가지러 간다. 시미즈로 가는 소대에는 1소대에서 2명을 차출했는데 시미즈로 갔다가 곧 돌아온다.
짐을 균등하게 나누어 갖고 가도록 곧 준비.
나는 시미즈로 가는 부대를 응원할 겸해서 참가했다. 준비는 다 되었다. 곧 출발이다.

△월△일

도중에 야스시安施중학교에서 1박. 아침 6시에 출발해서 12반에 시미즈淸水 도착. 부지에서 버스가 다녔다고 하는데 도로라는 것이 없다. 62세의 동지는 건강했다. 30년이나 투쟁해 온 동지다. 좀 지쳤다. 아무리 그렇더라도 지쳤다고는 말할 수 있는 상황이 아니다. 2, 3명이 마을 읍사무소에 갔지만 모양새가 이상하다. 마을 사람들이 차를 들고 와서 수고했다고 말한다. 어디서나 그렇듯 대중들은 무조건 기뻐하지만 관청에서는 조심조심하는 자세이고 귀찮은 존재로 여긴다. 이윽고 동지들이 돌아와 묵을 장소는 절에 있는 난민들과 함께였다. 제발 오늘만은 그렇게 해달란다. 좋다, 우리들은 노숙을 해도 좀처럼 이곳은 벗어나지 못할 테니까. 절의 난민들이 있는 곳으로 갔다. 모두 기꺼이 맞아주었다. 나와 다른 한 동지는 서둘러 부지로 돌아온다. 도착시간 오후 7시.

△월○일

조선 전쟁이 시작되어 목재 붐에 의한 벌채가 주된 일이었지만 도로가 두 동강이 나서 불가능하다. 건너편 강바닥이 15미터나 올라가 있다. 그 강은 6미터정도의 실개천으로 그 주위에 논이 있고 집이 있었지만 2층의 지붕보다도 높고 강바닥이 15미터 이상이나 높아져 있었다. 논피해의 80%, 나머지 논도 산사태로 물이 지나가지 않기 때문에 못쓰게 된 논과 마찬가지 씨유로(빗자루의 원료)도 못쓰게 됨. 수입원은 완전히 끊어졌다.

자유당 국회의원 다부치 고이치田淵光一씨는 헬리콥터로 자기이름이 찍힌 쌀 포대를 뿌리며 선거준비를 했다. 토건업의 큰 사장, 작은 사장은 하청을 따내기 위하여 야단법석이다.
이 강의 상류인 신코新子라는 곳에는 산사태로 높은 산 50미
터 제방이 400미터나 계속되고 자연스레 댐이 생겨 현재 물
이 점점 불고 있다. 이 댐이 붕괴되면 전멸한다고 마을사람
은 걱정이 태산 같지만 현에서는 권위 있는 사찰단이 한 번
도 온 적 없고 분명한 태도도 보이지 않는다. 산에는 지금
도 곳곳에 균열이 생기고 있다. 마을 사람들은 어디서부터
손을 대야할지 몰라 지금은 구호물자운반으로도 힘에 부치
지만 구호물자마저도 곧 바닥날 텐데 현에서는 한 번도 시
찰 오지 않았다. 동지들의 정보는 빠르다. 마을 상황은 대강
파악했다. 놈들은 아무것도 해주지 않는다. 복구를 위해서는
마을사람만으로는 부족하다. 모든 사람이 하나가 되어 복구
를 위한 예산을 타내기 위해서는 싸워야한다. 증오에 불탄
다. 쓰러질 때까지 해내야한다!!!!!!!!! 조금이라도 마을 사
람들에게 폐를 끼치지 마라. 교토京都 교직원 조합 사람들이
구조대원으로 와서 맞은 편 학교 2층 방 쪽에 머물고 있다.
 물을 무서워하며 악몽을 꾸는 아이들을 모아 동화를 들려
주거나 스포츠를 하도록 해서 활기를 찾게 하고 희망을 갖
게 한다. 좋다 여성동지 2명을 응원하러 가게하자. 다음은
모든 구호물자 운반이다. 마을 사람은 아침 5시에 출발한
다. 4시 반 기상

△월口일
 취사담당(여자)은 2시 반 기상으로 밥 짓기를 했다. 대장
은 밤에 별로 자지 않는다. 4시 반에 깨우는 바람에 식사.
나와 보니 이미 마을 사람들은 나온 뒤였다. 산은 가팔랐다.
숨을 헐떡거린다. 불평하지마라. 빨리 산길에 익숙해져야 한

다. 이 길을 겅중겅중 달려갈 수 있게 되면 말야. 마을 사람
들은 한 두 사람인 경우에는 수고하십니다 라며 말하고 지
나가지만 집단을 만나면 묵묵히 지나간다.

읍사무소에 갔더니 오히려 귀찮은 표정이다. 도저히 납득
이 가지 않는다. 경찰로부터 구조대 보이콧 지령이 내려졌
다고 한다. 돌아와 보니 4시, 아동들이 놀러 와있다. 여성동
지와는 이미 친구가 되었다. 특히 그 가운데 11살 김짱?은
밤늦게까지 이야기를 하다가 돌아갔다.

△월○일

구호물자 운반은 밤에 몰래 마을 사람들이 내일 몇 명 와
달라고 말하러 왔다. 보스의 눈을 속이고 온 것이다. 마을
사람 중 노파가 발이 부어 걸을 수가 없어서 내일은 구조
물자를 가지러 가는 것을 빼달라고 하자 무라하치부[7]가 될
지도 모른다. 쌀이 부족하다. 양을 줄여라. 반찬은 우메보
시. 비타민 주사는 놓지 마라. 마을 사람들은 극도로 비타민
이 결핍되어 있다. 야맹증 각기병의 전조가 나타나고 있다.
있는 대로 주사액은 마을 사람들에게 돌려야한다. 구호반
동지는 바쁘다.

교토의 교원노조 사람이 우스타니(臼谷)에 다녀왔다. 보스가
있는 곳에서는 비타민 부족이 분명한데도 어느 누구하나 주
사를 놓아달라고 말하는 자가 없다. 보스가 부재중이면 자
기도 놓아 달라고 전부가 팔을 걷어 부치고 모여든다. 이미
비타민은 바닥났다고 전해왔는데 여기에도 이미 없다.

내일은 읍사무소에 가자. 그리고 요구하는 거다. 구호물자
를 운반하러 간 나머지 동지는 다리를 복구하는 목수도구도

---

7) 마을에서의 집단따돌림

가져왔다. 못도 있다.

낮부터 나는 50살이나 넘은 동지와 동포가 사는 집을 방문했다. 부지에서 6킬로미터 떨어진 곳. 환영을 받았다. 4킬로 사방에 겨우 22세대가 있는데 한 달에 한번 회의를 갖는다고 한다. "6·25에도 와카야마和歌山시까지 가서 전원 참가했습니다." 인민공화국 깃발을 만들려 할 때 수해를 입고 말았다.

50세의 아저씨가 자랑스럽게 말한다. 좋은 사람이다. 마을 사람들이 방문해오면 재빨리 동포는 구원대의 선전을 해댄다. 동포는 싸우고 있다. 구노하라久野原에 있는 동포는 와카야마시에 있는 민전현民戰県 본부에 연락하러 갔다고 한다. 조선인은 얼마나 훌륭한가?

돌아올 때 비를 만나다. 강물이 불었다.

봉을 두 개 묶어서 만든 가교는 모두 떠내려갔다. 강을 건널 때 몸이 떠내려갈 것 같다. 돌아와 보니 아무도 없다. 여성동지가 손전등 배터리를 가지러 와서는 모두 다리를 복구하러 갔다고 한다. 달려가 보았다. 격류에 팬티 한 장으로 다리를 지탱하며 고치고 있다. 이 다리를 고치지 않으면 고야에서 돌아오는 마을 사람들이 이쪽 강둑으로 건너올 수가 없다.

마을 사람들은 모두 나가서 다리를 고치는 동지들을 지켜보고 있다. 돌아갈 때 마을 사람들이 모두 수고하였다고 말해 주었다. 저녁밥은 특별히 맛있었다.

▽월▽일

교토 교원 조합 사람이 교대로 돌아간다며 인사하러 왔다. 돌아가면 대학교수들에게 호소해서 문제의 신코댐을 권

위자에게 시찰하러 오도록 운동을 벌이겠다고 한다. 멋진
일이다. 우리들은 할 수 있는 일이니까. 사복경찰이 구원대
를 시찰하러 왔는데 가죽구두를 신고와 산길을 걸을 수 없
어 온통 물집이 잡혀 간신히 기듯이 걷는 듯한 몸으로 절뚝
거리며 돌아갔다고 한다. 마을 사람들은 다리를 고친 일이
있은 이후 변했다. 구호물자 운반도 밝을 때 말하러 온다.
폴리공이 왔을 때 "적도 혹도 있는가? 자네들은 도대체 무
엇을 해준 것인가? 구원대의 어디가 나쁜 것인가?"라며 마
을 사람들은 분노했다.

　고야산 올라가는 중간에 해당하는 사거리의 찻집에는 술
이 운반되고 토건업 공사를 따내기 위해 사장들의 술판이
거나하게 벌어지고 있었다. 개새끼들! 마을 사람들에게 폭로
하겠다. 놈들이 의지하는 봉건제조차 마을 사람들을 무너뜨
리기 시작했다. 마을 청년회에서 신제新制 중학교 교사가 와
서 지금까지는 마을을 떠나서 오사카의 지인들이 있는 곳으
로 가서 오사카에서 교원생활을 하려했지만, 이제 절대로
이 마을을 떠나지 않겠습니다. 누가 뭐라 해도 문제는 분명
합니다. 복구인가 죽음인가 우리들은 무슨 일이 있어도 복
구의 길을 선택할 것입니다. 농촌사람들은 끈기 있는 강한
사람들입니다. 반드시 이 마을에 복구의 망치소리가 드높이
일어날 것입니다. 부탁드립니다. 힘이 되어 주십시오. 읍사
무소에 맡겨서는 아무 일도 되지 않습니다. 국가 예산을 따
내는 싸움은 우리들이 나서지 않으면 안 됩니다. 굳게 주먹
을 쥐고 있었다.

　밤에 가네짱이 내일 마을을 떠나서 엄마와 함께 읍내로
갈 테니 오늘 밤은 함께 머물게 해주라고 말하고 왔다. 좋
은 아이다. 아버지는 전사하고 엄마는 일을 찾아 읍내로 나

간다. 어떠한 고통에도 주눅들지 말고 바르게 커주렴.
× × × × ×

수해싸움은 이제부터다. 구원대는 겨울나기 준비를 하며
노력하고 있다. 구원대에 참가하자.

하염없이 내리는 비에게
—미도리노 쓰도이8)(녹색모임)에서의 낭독시—

이미 하늘은 푸름의 자유를 상실했다
어둠침침하게 무겁게 드리워져
온종일 추적추적 내리는 비
 또 비, 비, 비……
일본의 강은 을씨년스럽게
포말을 물고 넘실대고 있다
탁류의 소용돌이에 내맡기고
그 상류에서 쌓이고 쌓인
쓰레기 바닥에 분노를 품고 넘실대고 있다

일본의 대지여
이 이상 몸부림 칠 방법은 없다!
강둑을 가르고 터뜨려라, 터뜨려라 강둑을!
사납게 날뛰는 강으로 하여금
분노한 채로 쏟아져 나오게 하라!

너의 등 뒤에서
부흥이라는 이름을 빌어
왕궁을 알아채고 있는 망자놈들

---

8) 오사카부 교육위원회, 사카이시, 사카이 시교육위원회의 음악 바자 등
   의 행사.

그 달러의 부채에
너의 몸은 구멍투성이다

보라! 이 우뚝 솟은 빌딩 아래,
가난한 아이들의 신음소리가
너의 품의 진흙투성이 속에서!
피투성이가 되고 있다
지금이야말로 결전의 시간이다!

흐르게 하라! 대지여!
분노하라! 강이여!
네 등의 울분을 흐르게 하라!
너의 바닥에 오물을 씻어라!
그리고 집달리의 개들과
그 고리대금업자인 미국 영사놈들
땅바닥을 갈라라!

마침내
끝까지 싸웠다
사랑스러운 너의 자식들이
사랑스런 대지의 상처를 보듬어 줄 것이다
사랑스런 강바닥을 다시 깔아 줄 것이다

1953.7.20

작품(1)

이놈 넌 역시 내 동생이야

양원식

너와 나는
한 뱃속에서 태어났다.
그런데
아주 사이가 좋지 않은 형제였다.
형인 내가 왼쪽을 향하면
동생인 너는 오른 쪽을 향하고
  내가 빨갛다고 하면
  너는 하얗다고 했다.
너는
  형이 해고반대 투쟁에서
    철창신세가 되었을 때에도
  격한 투쟁에서
    병으로 쓰러졌을 때에도
  형이 하는 말이나 이루어낸 일을
  혐오했던 너는
  비웃고
동생인 너는 면회도 문안도
오지 않았다.

하지만 너 어찌 된 일이냐
두 번째 6.25 싸움에
끼어들어
대단하게 싸웠다던데
잡혔다던데
아무 말도 하지 않았다며
　이놈 너
　형을 놀래키는 구나
　이놈 동생 너
　어떻게 된 일이냐
유치장에서 돌아온 네가
아픈 형을 찾아 와서는
형의 창백하고 야윈 손을
꽉 잡으며
　"형 괜찮아!"
여드름 난 얼굴에 눈을 가늘게 뜨며
헤헤 하고 웃어 보이는 너

이놈 너는
　역시 내 동생이다.

우치나다(内灘접수9) 반대에 모든 마을 사람 궐기하라!
− 주간 요미우리에 게재된 카메라 르포를 주시하며 −

안휘자

푹
볏짚 모자를 눌러쓴
애처로운 얼굴
힘내라
아이들
힘내세요
궐기하는 여러분
이것이 진정한
독립국 일본의 모습

자유스런 독립국
그! 존칭……을
어용잡지
이 한 페이지, 한 페이지는
가식 없이
그 가면을
벗어간다

---

9) 1952년 한국전쟁 발발로 미군의 포탄수요가 폭발적으로 늘게 되자 일
   본국내 메이커로부터 납품된 포탄의 성능을 테스트하기 위한 시험 발
   사장. 여러 후보지 중에서 이시카와石川현에 있는 이곳이 선정됨.

지금 평화로운 삶을
보내고 있던
순박한 사람들
순박한 사람들이었기에
그 분노
그 비통함은
너무나도 비정하다
게다가
스스로의 만족을 위해
짓밟고 또 짓밟는다
전쟁광들의
탐욕스런 이빨은
집요하게 엄습한다

지금에서야, 당신들은 알게 된 것이다.
나를 학대하는 놈
나를 위협하는 놈
그것은 누구인가!

1953년 7월 3일

우리들의 조국
기울여라 귀를.
조국의 포성은 멎었다,
자 승리의 깃발을 올리자.

아름다운 산하는
3년의 전쟁으로,
황폐해져 만신창이가 되었을 것이다.
하지만 이제야
아름답게 꽃피며 뽐낼 것이다.

눈에 아른거리는 그리운 조국
파도의 향기 향긋한 해변

이제 절대로 다른 나라 놈들 마음대로 내버려 두지마라!
우리들의 조국
우리들의 손으로
모두 물러가라!

소원

소전담

진실을 말하는 일이 적은 이 세상에
적어도 이 모임 이 장소에서만은
서로 진실을 말해야하지 않겠는가
모든 지식과 재능의 자랑일랑 집어치우자

오늘 하루를 살아온 나
겨우 이곳에 사랑의 말과
휴식을 찾아 당도한 나
자본의 압박과 하루의 긴장에서
석방되려고 이곳으로 간신히 도착한 나

동포 청년제군이여,
방황일랑 그만 접고 이곳으로 오시게
이 모임을 좀 더 즐기지 않겠는가
모두의 고민을 헤쳐 나갈 길을 찾자꾸나
조국은 분명 아름답다
여러분의 고향도
새롭게 태어나 있을 것이다
조국은, 모두를 주시하고 있다
조국에 사랑의 말을 바치시게

이 말의 흐름과 공기가
조국으로 흘러들어
홍진으로 더럽혀진 조국의 공기를 깨끗하게 해주렴
번뇌에서 희망을
이 세상이 아름다워지길

강의 흐름을

임일호

강물은 탁하다
달을 비추는 수면은 아름답게 보이지만
그 강바닥에서 나오는 악취는
그 더러움을 감출 수 없을 것이다

물은 유유히 흐르고
혹은 급격하게
그 흐름과 함께 오물도
흘러간다

요즘 강물은 불고
이 녹색 밭에
그리고 넓디넓은 논에
오물과 악취와 뱀의 사체와 함께
홍수가 되어 삼켜버렸다

이 농민들의 고통과
조상대대로 사람들의 슬픔과
그리고 우리들의 양곡의 터전
사람들은 어찌 분노를 느끼지 않겠는가
우리 젊은 사람들은 잠자코 있을 수 있을까

우리들은 강둑에 말뚝을 박고
삽을 들고
녹색의 논과 밭을
오물들과 악취와 뱀의 사체로부터
지켜내야 한다!!
강바닥에 사는
붕어나 미꾸라지들이 물을 정화시키고
악취로 가득 찬 탁류에서 지켜야한다.

　이 강물은
　최근 몇 년의 역사와
　닮아 있지 않은가?
　일제의 잔재와
　미제의 살인마가……

우리 조국에 불같은 홍수를 흐르게 하고
세균을 뿌려대고
독가스를 뿌려대고
평화를 원하는 사람들을
분노케 했다
그 역사에

그렇다 그 역사와 닮았다
아름다운 역사로 장식하기 위해서
도랑을 치자 도랑을!

쓰루하시역鶴橋駅이여!

김희구

조선인이 많이 타고 내리는
쓰루하시역은 먼 옛날부터……
조선 부락 이쿠노 이카이노生野猪飼野에 이르는 입구이다.

쓰루하시역이여 너는 침묵하고 있지만
예전부터 나의 얼굴을 알고 있었다.
그러고 보니 그 어슴푸레한 홈 구석에서
아버지의 눈[10]이 들여다보고 있는 것 같았다
아버지의 무거운 한숨은 너의 마음을 어둡게 했다.
너의 얼굴을 쓰다듬는 아버지의 손바닥은 떨고 있었다.
고향의 이름을 깊이 숨기고 아버지의 사랑은 깨졌다……

내 어머니는 누더기 같은 몸으로
큰 짐을 안고서
너의 긴 잔등이를 걸어서 건넜다
바람이 부는 날에도 비가 내리는 날에도 쥬르와시, 쥬르와
시라며
너를 불렀다. 부끄러워하며 너는 머리를 긁었다.

---

10) 원문에는 잠眠으로 표기되어 있으나 눈眼의 오기로 보임.

세찬 바람이 불던 밤이었다
아버지의 사체는 작은 어머니의 손바닥에 안겼다.
너에게 전송받으며 고향으로 돌아갔다
너는 나의 비통함을 받쳐주었다
그 때 네 마음은
싸늘한 겨울비를 따스하게 해주었다.

아버지의 사랑은 열매 맺지 못했다. 하지만
아버지를 잇는 자 아들은
두 번 다시 아버지의 전철을 밟지 않을 것이다.
쓰루하시역이여! 나는 주먹을 쥐고 너를 안는다.
　　나는 조선의 아들이다-.
소리 높여 애인의 이름을 불러댄다

미국제국 미국제국주의자 놈들아
나의 연인은 내 것이다
나의 고향은 내 조선인 것이다
쓰루하시역이여!
너는 조선인의 친구
어릴 적부터 나의 단짝이었다.
내가 조국으로 돌아가는 날은
　틀림없이 너에게 인사를 하마.

  그리고
내 마음에서 우러나오는 입맞춤을 해주마.
그날 까지…….

  본지 3호 「하룻밤 친구에게ひとやの友に」 「망가진 게타
われた下駄」 가, 새롭게 잡지로 태어난 재일 조선문학회 기
관지 『문학보』 '4호'에 전재 되었습니다. 이정자, 박실 양
동무에게 박수를 보냄과 동시에 한층 더 분발하기를 기대
합시다.

투고환영

―´ 하나, 시 · 평론 · 비평 · 르포르타주를 모집합니다.
―´ 400자 원고지 4매까지
―´ 마감 매월말일까지
―´ 서체는 명확 정중하게
―´ 원고는 일체 반환하지 않습니다.
―´ 보낼 곳은 당 편집실 앞 ☞ 「편집실」

안테나

하마데라浜寺 공원의 미군접수가 해제되었다. 오사카 시민
이 올해는 하마데라에서 해수욕을 즐길 수 있게 되었는데
접수해제와 동시에 일어난 다음 이야기는 의미심장하다. 하
마데라 공원에는 많은 맨홀이 있어서 미군이 접수할 당시에
는 나무 뚜껑이었던 것을 미군이 철 뚜껑으로 바꾸었다. 이
번에 접수가 해제되게 된 어느 비 내리는 날 밤, 철로 된
맨홀 뚜껑이 나무뚜껑으로 바뀌었다.
"도둑놈!" 이라며 외쳐보긴 했지만 도둑치고는 친절한 놈
이다. 나무뚜껑까지 대신 해주고가지 않았나? 라며 혀를 내
두른 것은 아이쿠 섣부른 판단이었나?
도둑은 아닌가? 미군이 한 짓이다.
× × ×
하마데라 주류군노조가 M · S · A원조를 받을 것인가? 말
것인가 라는 공청회가 맨홀 뚜껑이 나무로 바뀌고 며칠 후
에 열렸다. 미국이 원조를 공짜로 해주겠는가? 고작 철 맨
홀까지도 자기들이 만들었다는 이유로 가져가는 주제가 아
닌가? 노조원들은 일치된 의견이었다고 한다.
× × ×
일본국민을 수탈하는 계기로서 M · S · A원조를 하마데
라 주군 노조는 멋지게 간파했다. 그들은 빈틈이 없기 때
문이다.
강간으로 태어난 혼혈아에게는 모른 척하고 철 맨홀뚜껑
은 가져간다. 마침내는 그들이 살았던 곳이라며 가져가면
일본이라는 나라까지도 가져갈 것인가? 모두가 침묵하면
말이다.

×××

   요시다가 아무리 모른 척해도 M·S·A가 어떤 존재인가
는 철저히 파악하고 있어야 한다.

'철 맨홀 뚜껑'이라는 사실을 모두 알고 있다.

고주파高周波

서신 왕래

양원식이 김시종 동무에게

어제 김민식 군으로부터 『진달래』 제3호를 받고 단숨에 읽었습니다. 1호보다 2호, 2호보다도 3호 나날이 그 내용에 있어서도 편집에 있어서도 발전하고 있네요. 놀라지 않을 수 없습니다. 우리들 몫까지 끊임없이 노래 부르고 외쳐대는, 가장 용감하게 선두에선 동무들에게 추운 겨울밤은 곱은 손을 비벼대며 철필을 꼭 잡고 무더운 여름밤에는 비지 같은 땀이 배어나오는 손을 씻어가며 철필을 꽉 잡고 조국을 평화를, 생활의 절규를 새겨 넣는 동무들에게 깊은 경의와 동지적 악수를 보냅니다.

시는 좋아해도 써본 적이 없는 내가 동무들의 악조건 속에서 태어난 『진달래』를 읽고 어떻게 감격하지 않을 수가 있겠습니까? 시를 모르는 내 손은 벌써 시 비슷한 것을 쓰고 싶어 몸이 근질거립니다.

그리고 내가 외치고 싶은 것, 노래하고 싶은 것을 손이 움직일 수 있는 한 쓸 수만 있다면 하고 생각합니다. 그리고 써보았습니다. 정말로 동무들의 『진달래』는 위대한 힘을 갖고 있습니다. 시를 쓸 수 없는 나에게 시를 쓰도록 만든 그 힘에 놀랄 따름입니다. 고맙습니다.

그런데 시종동무 눈부신 활약 속에 건강은 어떠신지요? 몸이 안 좋다는 소문을 들었습니다만…… 저도 3월 하순 흉곽정형수술(늑골4개 제거)을 하고 안정 요양 중입니다만 최근에는 산책허가도 받아 순조롭습니다. 조금 더 투병해야 할 생각입니다. 그럼 간략하나마 내일의 투쟁을 위해 시종 동무도 부디 몸조심하십시오.『진달래』동무들의 건투를 빕니다. 교원이 된 이건신 동무에게도 축하 말씀 전해주십시오.

1953년 6월 28일 오후
국제평화병원에서

작품2

어떤 풍경

홍종근

거품으로
가득 찬
흙탕물에
허벅지 아래까지
발을 담그고
남자는
계속해서
강바닥을 뒤지고 있다.

그런 그를
다리 위에서
지켜보고 있다
인간들의
기대에 찬 표정

쑥
하고 들어올린
진흙덩어리

쓱싹쓱싹
씻어보니
값나가는
철모가 나왔다.

감격한 듯
그러면서도
질투가 섞인
시선이
다리 위에서
낡은 철모 위에
끈끈하게 쏟아지고 있다
누군가가
히죽 웃는다.
슬픈
추억에 얽힌
철모
버리는 자
줍는 자
웃는 자……
이 세상은 각양각색이다.

지저분하게 더운
여름 오후에
이 "돈벌이"에
열중하느라
인간들은
좀처럼 떠나려하지 않는다.
×   ×   ×

한국중위
스치고 지나갈 때마다
부지불식간에
놈과 노려보는 사이가 된다.

조선전쟁이
발발했을 때
지원병 ○○호로
미국 군복을 입고
전쟁에 참가한 놈이다.
도망 다닌
반년의 공로에
한국중위란
칭호를 받았다고 하는데

아무래도
놈과 만나면
노려보게 된다.

이 주변의
한결같은 소문에 의하면
달러 판매원으로
스파이로 먹고 사는 고양이,
방치할 수 없는 CIE의 앞잡이이다.

이 고양이가
우스꽝스럽게도
내게 도전하려는 거다,
파들파들 수염을 떨면서
콧등을 뻔뻔스럽게 찡그리며
번들번들 놈의 눈망울이
내 시선으로 날아든다.
어슴푸레하게
얼굴이 붉어진 채……
어디서부터인지
불붙은 꽁초가 날아들었다

후훗 한국중위님
화들짝 놀라
허겁지겁 도망쳤다.

아무래도
놈과 맞닥뜨리면
노려보는 사이가 된다.

그놈이
오늘은
아주 정숙하게
눈을 내리깔았다!
주눅이 든 채, 벌벌 떨며,
웬일이냐 이 얌전함은

그러고 보니 이놈
군수회사 첩자인가

하지만
그놈 용서할 수 있을까?
뿌연
흙먼지에 눈을 부릅뜨자.

해바라기

김민식

장마가 걷힌 여름하늘이다
푸르게 울려 퍼지는 한창 여름이다
움직이지 않는 구름아래 해바라기가 불탄다.
언제나 시들지 않고 태양을 찾는 눈부신 꽃.
태양을 향해 꽃잎을 펼치고
거센 햇살을 축적하는 꽃.
해바라기는 해에 그슬려 진노랑의
꽃잎을 부여잡고 피어
그 그림자는 선열하게 검다.

먼동 틀 무렵에
겨울밤은 아직 밝지 않았다.
골목 안에서 조용히 바람 부는 소리가 들린다
첫닭이 날카롭게 어둠을 찢는다
그 소리는 회치는 소리이다.
노래가 사라지기도 전에 두 번째 닭이 목을 부풀린다.
....
그대는 몸을 구부리고 잠들어 있다
등불 끈 방에서 깊게 침울에 빠져있다
나는 눈을 감고

그대의 자유를 갈구하는 혼의 강한 고동을 듣는다
그대의 몸 안에 젊은 피가 돌고 맥이 뛴다
그 피의 원천을 더듬어보니 제주도 한라산이다
바다에 그림자를 드리우고
하늘에 우뚝 선 한라산이다.
넓은 가슴으로 대담하게 보리를 키우고 있는 남자.
항상 싸움의 정점에 선 남자.
그대는 유아처럼 몸을 구부리고 잠들어 있다.
⋯⋯⋯⋯⋯⋯⋯⋯⋯⋯⋯
동녘이 밝았다.
밤이여 일어나라!
아침이다. 이마를 깨는 먼동이다.

작은 새와 나

유영조

감옥 속에 사람이
새장 속의 카나리아를 보며
새쪽이 훨씬 낫다고 생각한다
왜냐하면
새장은 훨씬 아름답고
게다가 자유마저 있는데
인간의 이름으로 감옥의 사람에게는
감옥 속에서 조차 자유가 없다.

작은 새여!
너는 새장 속의 새
나는 감옥 속의 사람
하지만 너는 마음대로 지껄일 수 있잖니
봐
좁기는 하지만 날기도 하고 뛰기도 하고
노래 부르기도 하고……
나는 벌벌 기고 있는데……

'서서 걸어서는 안 된다
  창문으로 밖을 보아서는 안 된다.

　얘기해서는 안 된다……'
라고 한다.
그 창문에 눈가림이 있고
철봉이 박혀
게다가 철망이 쳐져있는데
어이 작은 새여
너에게까지 그런 것은 쳐있지 않겠지
그런데
그래서 나는 반대했던 거다
　철망 절대반대! 라고……
했더니
놈들 심야 2시
우리들의 침상을 공격하여
폭력의 폭력
굉장한 징벌을……

어이 작은 새여!
인간세계라는 것은 모순이 존재할 것이네.
그러나
인간세계에는 두 개의 사회가 있다는 사실을
지금 이 순간.
그 하나

부자의
부자를 위한 자본주의 사회와
노동자의
노동자를 위한 사회주의 사회
그
함께 일하고
함께 즐기는 행복의
아
하루빨리 우리들의 세계로 만들고 싶구나.

나는 싫다
침략자여!
오랑캐……
너희들은 나에게 무릎 꿇으라 하는 거지,
그리고 조국을 팔라고
하지만 나는 조국을 사랑한다.
사랑하고말고……
그런데
너희들은 나에게 무릎을 꿇으라며
유다가 되라고…….
하지만 나는 단호하게 말한다

싫다!
나는 싫다.!!

타로

김시종

옆집개가
똥을 뒤지고 있다.
뒷다리의 뼈를 앙상하게 드러내놓고
마치 남의 것이라도
훔쳐서라도 먹기라도 하는 듯이
주뼛거리고 있다.

쫓아버리기에는
너무나도 비참해 보인다
그렇다고 해서 유심히 바라보는 것도
좀 냄새가 지독하다.
내가 이놈을 처음 본지
6개월,
백일동안 한결같이 안절부절 못하는 잡종에게는
정말 감동했다.
이 녀석의 이름이 타로
우스꽝스럽게도 인간의 이름을
사용하고 자빠졌다.
굶어도 거역할 줄
모르는 영락한 녀석이다!

어이 타로, 눈치 보지 말고 먹어
그 허기진 배의 장이 꽉 차도록 먹어라!

다만 어울리지 않게 너무 살쪄서
네 주인의 그 탐욕적인
곤봉에게만은 얻어맞지 마라!
하루에 한번 고깃덩이를 주지도 않는 주제에
놈은 이미 네 몸을
끓인 요리를 생각하고 있어.

너를 보고 있노라면
나마저, 이상하게 똥에 묻혀버린 느낌이다.
깡마른 목을 쭉 빼고
비쩍 마른 가랑이에 꼬리를 오므리고
멍청한 시선을
한입 먹을 때마다 이쪽으로 던진다

이제 집어치워라!
널려있는 똥에까지 벌벌 떨어서는 안 되는
너의 그 깡마른 인생을
진짜 개에게
난 먹게 해 주고 싶다!

정전停戰

송재랑

사라졌다
  살짝-한가닥의
  하얀 연기가 조국의 푸른 하늘을 춤추며 올라간다.
  증오해야 할 분노의 전쟁재해의 흔적에-
 치밀어 오르는 뜨거운 것이 나의 목을 막고
그리고 눈물은 조용히, 조용히 흐른다.

정전!
  지금 우리들에게 있어
  하물며 피바다에 사는 조국 사람들에게
  이렇게 다정하고 이 이상 기쁜 말이
    어디에 있단 말인가

  감격의 눈물이 몇 번이고 몇 번이고 파도쳐온다
  그러나 나의 가슴은 맑아지지 않는다

  우리들의 갈망,
  그것이야말로 통일이고 진정한 평화의 꿈이다
  아름다운 조국 산하가 그것을 싸늘하게 가로 지르는 38도선
  잊을 수 없는 증오의 마음으로 바뀐다

나는 햇살을 받는 나뭇잎 사이에 감춰진 지금의 기쁨을
양손 가득히 쥐고 있는 것이다!

<번역시>

만가 실러

번역 고순일

노래로 하면
너무나도 슬픈 우수를
소리 내어 신음하는 모진 바람.

험악한 구름의 재앙을
밤새도록 우리들에게 전할 때,
광풍에,
슬픈 폭풍이여,
  지금은 눈물마저 흘린 보람도 없이

가지도 꺾인 잎이 전부 떨어진 나무와,
그윽한 동굴과,
모습도 처참한 망망대해여,

  목소리 힘껏 울며 외쳐라,
  세계의 악을 슬퍼하며.

편집후기

●●● 이 편집 어디에 일관된 계획성이 있는지? 편집자 자신인 나조차 모르겠다.

　3호를 낸 다음 바로 6.25를 목표로 편집을 진행했지만 작품이 당최 모이지 않은데다 설상가상으로 인쇄담당의 박실 동무마저 본부 쪽으로 영전하여 중요한 인쇄담당자 자리가 비었다.

　6.25가 지나가고 정전 성립에 초점을 맞추려 했지만 이것도 제대로 안되고 세월만 흘러, 보시는 바와 같이 지난 구원고를 정리한 형태의 호가 되고 말았다. 『진달래』의 사명을 생각할 때 여러 산적한 문제가 제기 되지 않으면 안 될 것이다. 일률적으로 문제를 포기할 가능성이 농후한 무리한 편집방침도 탈이 되겠지만 세상 전체를 초점으로 파고들려는 회원들의 노력부족도 지적되지 않으면 안 된다.

　우리들은 솔직히 대중에게 사과하지 않으면 안 된다.

※4호부터 등사판 인쇄 담당자가 바뀌었다. 3호까지 고생하셨던 박동무를 대신해 홍종근 서기장 스스로가 등사판 인쇄를 하기로 했다. 초보자라 다소 서투른 점도 없지 않겠으나 그의 기개를 사서 변함없는 애독을 바란다. 홍동무의 열정과 힘은 능히 서투름을 이겨낼 것으로 확신한다. 졸렬하지만 다른 사람에게 의존하지 않고 우리들 회원만으로 이 책을 만들었다는 것은 4호의 자부심이다.

※ 호를 거듭할수록 회원이 늘어간다. 우리들의 노력여하에 따라서는 오사카 동호인 청년 모두가 모일 수 있는 가능성

을 말하는 것이다.『진달래』를 확산시켜 유기적인 조직 강화를 꾀하자. 그리고 매월 발행할 수 있는『진달래』로 만들자. 시를 쓰는 이상 행동에 의한 시를 생산해가자. 이번 호를 마지막으로 좀 더 참신하고 신선한 호로 거듭나자.

(김시종)

소식

사무소 이전

이것으로 세 번째 이전이 된다. 오사카 조선 청년문화회의의 호의로 이쿠노구 신이마자토8쵸메105번지生野区新今里8町目105번지에 있는 문화회의 사무소 한쪽을 빌릴 수 있게 되었다. 본 집단의 세대가 커질 때마다 이전해온 셈인데 이번에야 말로 완전히 정착할 수 있는 사무소가 생겼다. 편집이나 연구회도 당사무소에서 하게 되었다. 회원 여러분이나 독자 여러분의 모임장소로 더없이 편한 곳임을 보증한다. 한층 더 긴밀을 유지하기 바란다. 모든 통신은 당 사무소 앞으로 해주시기 바란다.

▽유영조

4년의 긴 옥중생활에서 '정령 325호'면소로 이번 8월 출소. 고베神戸 거주.

▽이방일

이번에 회원으로 신규가입 한 사람. 오사카 조선 청년문화회의 서기장으로 수없이 많은 서클을 조직 열정적으로 활동하고 있다.

▽**부성우**

역시 신입 회원으로 한시를 발표할 예정. 히가시 나리東成
구 거주.

▽**양원식**

본 호에 좋은 작품을 발표했던 신입회원 현재 폐가 나빠
투병 중.

합평회 통지

제4호 합평회를 다음과 같이 거행하오니 많은 참석 바랍니다.
9월18일(금)오후 7시 이쿠노구 신이마자토쵸生野区新今里 8가
105번지 재일 조선체육협회 내 시인집단 사무소

연구회

일시 : 9월11일(금) 오후 7시
장소 : 위와 같음

기금모집

고우준씨가 1000엔을 보내주셨습니다. 진심으로 감사드립니다.

『진달래』 제4호

1953년9월1일인쇄
1953년9월5일발행
정가 : 25엔
편집겸 발행인 김시종
발행소 오사카시大阪市 이쿠노구生野区 신이마자토쵸新今里町 8
가 105번지
오사카조선시인집단 진달래 편집소

合評会通知

才四号の合評会を左の
要項で行いますから多
数御参加下さい。

九月一八日（金）右七時
生野区新今里町八ノ一〇五
在日朝鮮体育協会内
詩人集団事務所

研　究　会

九月二日（金）右七時
場所　右同

基金カンパ

高守峻氏より金壱阡円也を
よせいただきました。あつく感
謝いたします。

編集兼発行人　金時鐘

進達래　第四号

一九五三年九月一日印刷価三十円
一九五三年九月五日発行

発行所　大阪市生野区新今里町
八丁目一〇五番地
大阪朝鮮詩人集団
진달래編集所

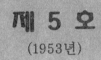

제 5 호

(1953년)

목 차

투고 작품

- 아름답고 강인한 우리 조국 / 김평선金平善

조국 영화 탈환하다.

오노주자부로 선생님의 엽서

안테나

소식

- 신회원 소개

느낀 그대로의 기록-4호를 읽고 / 백우승白佑勝

편집후기

후기의 후기

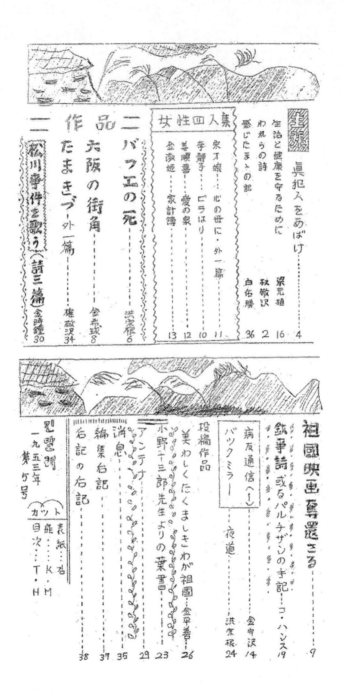

가을 노래

나는 가을이 제일 좋습니다.
가을은 형형색색의 추억들로
가득하기 때문입니다.

나의 눈동자 깊숙이 물든
조국의 색은 주황색입니다
고추가 **빨갛게** 말려진 초가지붕
맑게 갠 하늘에 미루나무도 물들고
감 열매는 낮게 낮게
처마 밑 색을 꾸밉니다.

그것은 마치
석양 질 무렵의 암적색에 닮아
나의 동심을 먼 귀로 쪽으로 흔드는
것입니다.
  (『조선평론朝鮮評論』 6호 게재 「나의 노래」 제 1장)

우리들의 시

권경택

대부분의 재일조선인이 그러하듯, 우리들의 생활은 고통스럽다는 한마디 말로 표현할 수 있다. 정면에서의 노골적인 탄압은 가혹하고, 이면裏面에서의 기만정책 또한 심하다. 그날그날의 양식을 구하면서, 폭력적인 탄압에 맞서고, 기만을 꿰뚫어보며, 올바른 길을 제시하고 공부와 시를 계속하는 일은 하루 24시간으로 턱없이 부족하다. 피곤에 지쳐 걸핏하면 힘들다고 한탄하게 된다.

몸이 지쳐 정신의 긴장이 풀리면 그 마음의 틈에 슬픔의 싹이 트고 소극적인 자세가 뿌리내리니, 눈 깜짝 할 사이에 슬픔이라는 가지와 잎이 무성해 져 그러한 자세가 점점 더 고착화된다. 무성해지기 전에 슬픔이라는 싹을 잘라야 한다. 고착화되기 전에 소극적인 자세를 전방前方으로 향하게 해야 한다.

주위를 겹겹이 에워싼 슬픔과 고통이라는 포위를 노여움과 분노로 뚫고 나가 의미 있는 삶을 취하려는 행동과 자유를 쟁취하려는 능동적인 정신이, 우리들의 시가 발아되는 토양인 것이다.

우리의 시는 꽃과 새가 아니다.

또한 유랑의 눈물도 아니다. 우리들의 시는 상처 입은 호랑이의 울음이자 날카로운 가시투성이인 나무다.

아름다운 꽃이 피고 열매가 맺을 곳은 가시투성이인 나무가 시들어 썩은 후의 토지인 것이다.

지금은 분노의 시를 써야 할 때이다. (필명 김민식)

주장-진범을 밝혀라

흑을 흑이라 백을 백이라 하지 않고, 진실을 진실로 인정
하지 않는 태도에서 파시즘은 시작된다. 1949년 8월 17일
한밤중에 참으로 기괴한 마쓰가와 사건1)이 발생했다. 덧붙
이자면 같은 해 9월 8일 조련과 민청이 해산되었고, 10월
조선인학교 폐쇄가 강행되었으며, 그 다음 해인 1950년에
6·25전쟁이 발발했다. 실로 178명에 달하는 변호인단과 일
본국민, 나아가 세상 모든 사람들이 무죄 방면을 외쳤음에
도 불구하고 1심에서 사형 5명과 무기징역 5명을 포함한 20
명의 애국자에게 95년 6개월이라는 무모한 판결이 내려졌
다. 그리고 2심 판결일이 다가오고 있다. 스즈키鈴木재판장
스스로가 정한 11월 5일의 판결 날짜가 다시 한 번 연기되
어 12월 22일로 음모가 미루어졌다. 학자와 철도전문가들에
의한 과학적인 입증으로 몇 번이나 무죄가 밝혀졌다. 하지
만 법 그 자체보다 법을 무언가의 수단으로 악용하려는 태
도에 커다란 문제가 있다는 점에서, 우리들은 결단코 방청
석에 앉아 있는 것이 아니라 오히려 마쓰가와 사건 바로 뒤
에 세워져 있는 것이다. 여기에 날조된 마쓰가와 사건의 본
질이 있다. 사노시佐野市에서는 조선인을 학살하였고, 오사카
이쿠노生野에서는 이번 10월 천명의 무장경찰을 동원하여 생
활 탄압을 감행했다. 자신들의 야망을 위해 자신들이 만든
법조차 아무렇지 않게 위반하는 모습에 일본의 위기가 존재

---

1) 1949년에 발생한 사건으로, 당초 일본 공산당 지지층인 도시바 마쓰가
   와 공장원들에 의한 철도 테러 사건으로 의심 받았지만 이후 붙잡힌
   인물들 모두가 무죄로 판명되었다. 이 사건이 공산당 탄압을 위한 일
   본 정부와 연합국 사령부에 의한 공작이었다는 설도 있다.

한다. 무슨 일이 있어도 마쓰가와 사건 피고인들의 무죄 판
결을 이끌어내야 한다. 왜냐하면 우리들의 자유가 걸려있기
때문이다. 전쟁으로 이어질 죽음의 진격나팔을 불려는 지금,
우리들은 스즈키의 양심에만 의존할 수 없으니, 우리들 스
스로의 손으로 진범을 끌어내고, 로젠 버그 부부2)를 죽음으
로 몰고 간 검은 정체를 밝혀내어 그들에게 사형선고가 내
려지도록 해야 할 것이다.

지금부터라도 한 장의 항의문과 둘의 목소리를 조직하자.

마쓰가와 피고가 쓰는 진실의 시를 우리들의 시로 격려하
자. 이것이 파시즘에 대항하는 최선의 방법이다.

---

2) 미국의 유대계 부부인 줄리어스 로젠버그(Julius Rosenberg)와 에셀
  로젠버그(Ethel Rosenberg)로, 이들 부부는 원자폭탄 제조의 최고 기
  밀을 소련에 제공한 혐의로 미국 연방 검찰청에 체포되었는데, 이를
  로젠버그 사건이라 한다. 부부는 최후까지 자신들의 무죄를 주장하였
  고, 세계 각국의 구명운동도 있었으나 결국 처형되었다.

[여성시집]
이 노래 안에-관서의 노랫소리에 담아-

송재랑

노래하고 싶다!
목구멍에서 터져 나오는 소리를
모두가 부르는 저 노래에 담아
푸르른 논밭을 유쾌한 마을을
평화스런 모습으로 물들이고 싶다

마음 깊은 곳에서 외치고 싶다!
드높이 울려 퍼지는 저 노래의
기쁨을 슬픔을 그리고 투쟁을
높게 낮게 힘차게
모두의 친구에게 들려주고 싶다

그래서 나는 노래하는 것이다!
   이 목소리가 계속되는 한
모두가 사랑하는 저 노래 안에
아름다운 조국을 진실한 기쁨을
진심을 담아 부를 것이다

마음의 어머니께

송재랑

이름도 모르는 어머니여! 지금은 어디에
　당신을 그리며 펜을 드는 내 마음은
　왠지 모르게 춥고 외롭습니다

전쟁의 한 가운데 그리고 황폐해진 섬에
어머니여! 당신은 살아 계신가요
모습은 희미해지고
자식을 부르는 따뜻한 당신의 목소리조차 모르는 나는
망각의 긴 세월 속에서도
당신을 그리워하고 있었습니다

보고 싶다!
이 한 마디조차 입 밖에 내지 않은 채
마음속으로 괴로워했던 추억은
지금 더욱 제 가슴을 격하게 만듭니다

조국을 유린한 적과 도적들이 있어.
끝 모를 그리움은 가로막히고
고향의 봄도 알 수 없는 것입니다

꿈에서 보는 내 마음 속 어머니여!
멀리 타국의 한 구석에서
당신이 남긴 자식은
만남을 위한 고통과 싸우고 있습니다.

삐라 붙이기

이정자

어두컴컴한 골목길을 빠져 나와
삭 삭
풀을 바르고
척 척
위세 좋게 삐라를 붙인다

전봇대
게시판
골목길 담벼락에
계속 붙여간다.
우리들의 삐라를 우리들이 붙인다!

몇몇 사람의 눈동자가
이 한 장 한 장의 삐라를 주시하는 것이다
우리들이 붙인 이 삐라를!
마음을 담아 붙인 이 삐라를!

이 길가 저 모퉁이에
"잘 읽혀 전달되기를" 하고
삐라를 쓰다듬으며

떼어지지 않도록
힘을 주어 붙여간다

풀 통은 가볍고
손은 버석버석하지만
가슴을 펴고
밤하늘의
빛나는 인사를 받자

사랑의 샘

강순희

활활 태양 빛에 춤추며
용솟음치는 사랑의 샘!
그것만으로도 인생에 희망은 있다.

사랑은 사회의 진흙 속에서
정의를 향한 격정을 낳는다
사랑은 고통의 밑바닥으로부터
젊은 희망과 밝은 세계로 인도한다

사심 없는 휴머니스트들이여
인간을 사랑하기에 우리들은
조국을 사랑하고 평화를 사랑한다

아름다운 세계에 물든
화환에 기뻐하는 사람들
사랑의 샘에 잠긴 얼굴들……

평화를 살아가는 사람들이여
우리들은 투쟁하고 노래하는 것이다
인간과 조국을 향한 사랑의 힘으로.

마르지 않는 사람의 샘은
새로운 희망이 솟는 샘
생명의 샘인 것이다.

1953년 7월 17일

가계부

김숙희

파 10엔, 된장 15엔
유부 10엔에 간장 5홉
거기에 보리 2킬로와 쌀 한 되
모두 합쳐 4백 3십엔.

이것은 어제의 "기입표記入表"입니다
페이지를 넘기면 끝없이
작은 숫자들과 만납니다
마치 돈이라는 물건을
잘게 썰어 먹은 듯
목구멍이 따르르 울립니다

병약한 남편을 떠안은 채
월 6천엔도 안 되는 생활비,
"크림 값 150엔"이라는 숫자에도
벌벌 떨어야 하는 나의 생활

그렇지만 나도 남편도
실망 따위 해 본 적 없습니다
이처럼 참혹한 세상이기에

하나하나 잘게 새기는 마음으로
매일의 생활을 계산하는 것입니다.

게타 끈 30엔, 꽃 20엔,
우동 사리 2개, 양파 10엔

작품

버프공의 죽음

홍종근

북풍이 차가워 질 무렵
어스레한 30와트
전등 아래에서
너는 갈비뼈가 드러난
흉곽을
괴롭게 들썩이다가
툭하고 심장을 멈췄다.
　가난한 우리들의 피로는 끓어오르는
　너의 흉흔胸痕을 가라앉힐 수 없었던 것 같다.
　'어-이, 하치가와……'
불러도 소용없음을 알면서도
나는 부를 수밖에 없다.

　언제쯤이면
　일본에도
　혁명이 일어날까-
야학에서 돌아가는 길
졸음에서 깨기 시작한 네가
갑자기 멈춰 서곤

그런 말을 했던 것이 기억난다.

6년간
너를 고통스럽게 했던
버프3)도
너의 코며 가슴을
더럽혔던 퀴퀴한 기름도
기름 떨어진 모터의 울림소리도
더 이상 너를 고통스럽게 하지 않는다.
그 대단한 가난의 신神도
더 이상
너를 괴롭히지 않는다!

겨우
20년의 생애.
너의 죽음은 조금도 아름답지 않다
조금도 즐거워 보이지 않는다.
너는 보기 흉하게 일그러져 있다
빨릴 대로 빨린 채 살해당했다.
자본주의라는 시스템에 먹혀

---

3) 버프(buff):무두질한 누런 쇠가죽. 렌즈나 금속을 닦는 데 쓰는 부드
   러운 천.

대수롭지 않게 처리되었다.
흔해 빠진 죽음, 그런 위험을 느끼게 한다.

근대의학 기술도
페니실린도 마이신도
돈이 있어야 인술仁術이라니……
빌어먹을!
의료보호법은
허송세월 하는 정부의 뱃속이다!
  하다못해 통원 치료만이라도 지원되었다면……
하치가와
어머니의
한탄이 들리는가

칠흑 같은 일본의 어둠을 안고
너는 미련 없이 죽을 수 없었을 것이다
분노하는 일본의 동지여
너의 죽음은 너만의 것이 아닌 듯하다
뜨거운 것이 내 가슴에 흐른다.
너의 나라에 흐른다.

하치가와, 너는 혁명의 노래를 좋아했었지

좋—다, 너와 함께 갈 것이다
큰 소리 치던 너를 업고
너의 장례식은
지금 거칠게 불어대는 폭풍우 속이다.

오사카 길모퉁이

김희구

아무 일 없다는 듯
나뭇잎 하나 둘 떨어지는
해질녘 오사카 길모퉁이……

쓰레기통 속으로 머리를 숙인
할머니의 백발이 헝클어져
차가운 처마 밑에서 흩날리고 있다

거칠어진 가냘픈 손에는
쓰레기통 구석에서 집어 올린
한 뭉치 휴지와 넝마 조각

잠시 리어카에 엎드려 있던
할머니의 주름투성이인 목덜미가
용수철처럼 일어섰다

쭈글쭈글 둥글게 뭉쳐진
종잇조각 한 장
할머니의 거친
손바닥 위에 펴진다
위협적인 깊은 눈동자 끝에 펴진다

누가 찢었는가 버렸는가
길모퉁이 쓰레기통에
  찢기다 만 옛 조선지도!

할머니는 먼지를 털고
몇 겹으로 접은 지도를
스-윽 리어커 옆
도시락 가방에 감추었다

아무 일도 없었다는 듯이……

큰 길에는 전차의 밝은 불빛
골목길에는 처마 밑 외로운 불빛
할머니의 벌겋게 그을린 얼굴에
은은하게 따뜻한 온기가 흐른다

덜그럭덜그럭 데구루루 덜그럭덜그럭……
폐지 줍는 노인의 기울어진 리어카가 내는 삐걱거림
해질녘 희미하게 저편으로
 수선자국으로 가득한 몸뻬차림
  할머니의 그림자는 조그맣게
   점차 멀리 희미해져 갔다.

덜그럭덜그럭 데구르르 덜그럭덜그럭……

아무 일도 아니다
그저 그뿐이었다
정말 그뿐인 일이었다

나뭇잎이 하나 둘 떨어지는
해질녘 오사카 길모퉁이…….

들려온다

권경택

눈을 감으면
들판에 살아남은 포플러가 있다
하늘 높이 가지를 뻗치고 있는 것이 보인다.
눈을 뜨면
야들야들한 새싹이 가지를 뻗고 싹을 틔어
갈색으로 늘어선 들판과 산을 메워간다.

귀를 기울이면
힘찬 노랫소리가 들려온다
건설현장의 철과 보리 노래가 들려온다.

조선 인민은 형제의 시체를 태운
그 불로 마음 속 발굽을 한층 강하게 하고
싸우기 전보다도
마음의 날개를 활짝 펼쳐
지금 철을 달구고 있다. 보리를 경작하고 있다.
그 노래가 바다를 건너와 내 가슴을 친다.

총상

권경택

검게 누워있는 롯코六甲 산맥에 별들이 점점이 줄지어 반짝이고 있다.

보고 있자니 단단한 손톱으로 강하게 튕기고 싶어진다. 딩딩딩하고 울려 퍼질 것 같은 별이 반짝인다

나와 A는 강제송환 반대 삐라를 들고 밤길을 서두른다. 목적지는 판자촌이다.

밤이 되면 이마에 송글송글 땀이 맺힌 아버지가 잠들고, 어머니는 가슴 저미는 그리움을 이불로 싸 감춘 채 젖을 문 아이를 안고 눈물 흘린다.

아침이 되면 차가운 바람 속, 가장 밑바닥, 아주 아득한 밑바닥 빈곤의 고통 속에서 아버지가 작업화를 신고, 어머니는 막걸리를 만들며, 소리치고 싸우면서 씩씩하게 아이를 키우는 닭장 같은 판자촌이다. 조선인들이 사는 판자촌이다.

삐라 다발을 움켜진 나와 A는 밤길을 서두른다. 예전에 행상을 했던 나의 발걸음은 매우 빠르다. A의 발걸음은 유난히 느리다. 종종걸음으로 달리지만 자꾸만 뒤쳐진다.

"느리네, 빨리 걸어"

"바람이 차서 다리가 아파, 스이타吹田에서 놈들이 쏜 총에 맞은 상처가 욱씬거리네"

겨울별이, 하늘을 가득 채운 채 아름답게 반짝이고 있다

마쓰가와 사건을 노래하다
일본의 판결-마쓰가와 판결 최종일을 앞두고

김시종

터무니없이
긴 1초의 흐름이다
전 세계는 마른침을 삼키고
눈을 부릅뜬 채
여기,
센다이仙台 고등법원
법정을
빨갛게 물들이고 있다.

실룩실룩,
스즈키 재판장의
입술이 움직인다-
폐에서 쥐어 짠
공기가
성대에 닿아
소리가 되고,
혀에 말려진 소리가
입술로 옮겨지는 동안의-

터무니없이 긴 1초.

그 사이에서
4세기 반의 일본의 발걸음이
우왕좌왕하고 있다.

오늘,
12월 22일 몇 시 몇 분 몇 초
굴욕의 도정을 마친
일본의 역사가
천만촉광의 눈동자에
비춰지고,

지금,
이 순간,
스스로가 살아갈 방식의
판결을
기다리고 있다.

사이토 긴사쿠斉藤金作의 죽음에

김시종

8월 16일 늦은 밤 사이토 긴사쿠는 혼자서 철로를 따라 귀가하던 도중에 외국 군대의 철도공사를 목격한다. 그들 중에는 일본인도 있었는데, 집까지 따라와 이 사실을 발설하지 말라고 요구했다. 다음 날 아침 열차 탈선 소식을 접하자 퍼뜩 생각이 났다. 4,5일 후 군정부에 출두하라는 통지를 받고 두려움에 요코하마로 몸을 피했지만 요코하마의 시궁창에서 시체로 발견된다
『신일본문학』 "특집" 마쓰가와 사건에서 (11월호)

한여름의 하수구는 미지근했다
보글보글 거품을 일으키며
너의 입 속을 채워갔다
　눈이며
　코며
　귀며
너를 살아가게 한 모든 것들이
진흙 속에 묻혀 죽어갔다

봐서는 안 될 것을 목격하고,
알아서는 안 될

사실을 알게 된, 너의 눈이, 입이,
이 끝 모를
일본의 심연 속에 묻혀 희망을 잃었다
씻겨진 진주의 지문처럼
사이토의 혼은
여기 일본의 진흙 속으로 가라앉은 것이다

고이 잠든 일본의 밤이여,
8월 16일의 별은 비추고 있었는가.
총총했는가
사이토가 봤다는 선로 인부의
코는 높았는지 낮았는지
입막음 당한 사이토의 입,
군정부의 출두 요구에
겁에 질려 있던 그 낯빛을 비춰줘라, 그 목소리를 비춰줘라,

사이토여, 침묵한 채 말하지 않는 긴사쿠여,
나는 땅 끝에서 너를 부르짖는다
너의 눈에서 진흙을 없애면
8월 16일의 별 빛이 비칠지도 모르겠다
너의 입에서 진흙을 씻어내면
그 날 밤 인부였던

큰 키의 사람들 이름을 말할지도 모르겠다
너의 숨을 끊고, 눈과, 입과
귀와 코에 진흙을 채워 넣은 검은 손이야말로,
스무 명의 애국자를 모함하는
마쓰가와 사건의 진범이다!

여기는 주류군의 땅, 일본
도처에 심연이 엿보이는
암흑의 땅이다
요코하마의 시궁창은 거멓게
말 없는 사이토의 죽음을 감춘 채
백 번 천 번 굽이쳐
어둡고 어두운 일본 속을 흐른다

1953년 12월 22일

김시종

그 날, 그 시간
세계는 숨을 멈출 것이다,
귀만 열어 두고
눈만 반짝일 것이다,
사건을 기획한 놈들도
스즈키의 양심을
두려워하며,
숨을 멈출 것이다.

스즈키만이
신을 알아,
악마가 되기도
구원이 되기도 할 것이다.
마침내 나온 말에
악마가 살아나,
일본을 어둡게 만들어
숨을 다하게 할 수도 있을 것이다.
마침내 나온 말에
자유가 살아나
사람들의 숨결을

되살릴 수도 있을 것이다.
신의 손은
스즈키에게 달려 있다.
잃는 것은
스무 명만이 아니다,
구원받을 것은
스무 명만이 아니다,
일본이라는 이름의 생명체가
마쓰가와라는 이름으로
재판받고 있다.

서사시

고한수

어느 빨치산의 수기

6월 중순이었다.
이미 이 무렵이면
이 섬은 비의 계절이다
비는 어제도 내리고 오늘도 내린다
소나기다!

부슬부슬 내리는 황혼에
한수漢守는
세일러복을 입은 여학생 뒤에서
학생복 상의에
군복바지를 입고
작업화를 신은 가벼운 차림으로
돌맹이 수북한
울퉁불퉁한 산길을 걷고 있었다.

이 두 사람의 날렵하고 리듬감 있는 움직임은
비 따위
신경도 쓰지 않음을
금방 알 수 있다.

아ー; 그렇지만
물웅덩이를 피해 넘는
이들 움직임의 리듬감이
그들의 무거운 마음을 편하게 해주고 있음은
보아도 알아차릴 수 없었다.

두 사람은 묵묵히 보조를 맞춘다
손은 얼굴에 맺힌 빗방울을
훔치고 다시 훔친다.
가끔씩
발밑을 바라보던 시선이
전방으로
쏘아보듯 향하곤 했다.

조용히 내리는 가랑비였지만
이런 비는 늘
언제 그칠지 모르게 조금씩
가늘게 내리기 때문인지
둘을 둘러싼 정경은
무언가 엄숙한 무게감으로
충만해 있었다.

두 사람의 앞에는
비안개로 감싸여
선명하게 솟아오른
한라산이 있었다.
아-,
어렸을 때부터 익숙하고 친숙했던 산
장엄하고 씩씩한 그 모습!
잠시 둘은 하늘을 올려다보며
깊은 숨을 들이 마시고는 내쉰다.

두 사람의 입은 꾹 다물어진 채
조금 비장했지만
무언가 확실하게 결의에 찬 표정이었다
눈은 반짝반짝 빛나고
두 사람의 눈동자는 맑게 빛나고 있었다.

한수는
한국나이로 막 열아홉이 된
귀여운 소년이었다.
그는 고향을 떠나
항구 도시에 위치한
사범학교에 다니고 있었다.

하지만 5월 초순
'남조선 단독선거 반대'
'영웅적 제주도인민항쟁지지'를 위한
동맹휴학을 이끌었다는 이유로
경찰이 추궁하자
재빠르게
고향 땅인
이 섬으로 도망쳐 온 것이었다.

고향 땅
아-, 그 외로운 섬
그 땅의 사람들은 학대당하고 모욕 받고
유린당해 피를 흘렸다.
아-, 그 사람들
그 사람들이
복수심에 불타 분노하여 일어났을 때
'단독선거'는 거부되고
피에는 피로
총에는 총으로
푸른 눈의 야수들과
노쇠한 앞잡이들의 음모도 끝이 났다

한수는 이 자랑스러운 싸움의
주동자로 지목되어
지금 감옥에 갇혔고
총구 앞에 선
형을 생각하며
복수의 피를 뿜어내고 있다.

산은 멀고 흐릿했지만
한 발자국 나아갈 때 마다
불끈불끈 용감한 모습을 내비치고 있다.

산이 가까워 오자
그의 호흡은 거칠어지고
가슴은 한껏 벅차올라
발걸음이 빨라지는 것이었다.

한수는 아침에 집을 나올 때
울며 매달리는 어머니를 생각하며
눈시울이 붉어지는 것을 느꼈다.
기나긴 어머니의 고생
주름 생겨 늙어가는 얼굴
총구 앞에 세워진 형

어린 동생들
한수는 침울하고 슬펐다.

아-,
해질녘
소나기의 조용함이
한수의 슬픔과 우울함을
불러낸 것이 아니었을까?!

그렇지만 산에 묻혀가는
한수에게
더 이상 그런 슬픔은 없다
〈손에 잡아본 적도 없는 총!
야수만도 못한
역적들의 가슴을 노려
총알을 장전한다〉
아-생각하는 것만으로도
참을 수 없는 감동이 아닌가!

한수의 혈관은
폭력과 억압의 악랄한 제도에
짓밟힌

갖가지 증오를
더 이상 견디지 못한 채 뿜어내고 있다
가슴이 고동치고
발걸음이 빨라진다.
산으로! 한라로!

한수는 노래하기 시작했다
그것은
열광의 아우성 이었다
노랫소리의 울림은
조용히 내리는 비속을 뚫고
멀리
한라 속으로
메아리 쳐 갔다.

(1953년 3월 15일)

※옥중의 엄격한 제약 속에서 이 글이 쓰였다. 2편, 3편 계속되길 기다렸지만, 반년 넘게 다음 장이 철창을 넘어오는 일은 없었다.

그렇지만 한수, 너의 울림은 지금도 내 마음 속에 들리고 있다! 우리들 사이를 막은 것은 철창보다 오히려 우리들 마음속의 굶주림이다. 힘내라! 투옥중인 한수! 다음 장은 우리들이 써 나가자! (S)

[병상일기(1)]

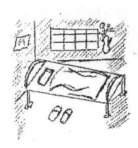

병약한 몸을 짓누르는 현실은 한없이 무겁다. 이들 친구들은 무엇을 보고, 무엇을 생각하며, 무엇을 하고 있는 것일까?

K군에게 보내는 편지

김수택

K군, 요전의 병문안 고마웠네. 긴 병원생활을 하는 내게 가끔씩 찾아오는 사람들이 얼마나 큰 기쁨과 위안을 주는지 건강한 자네는 상상하기도 힘들 걸세. 침대에서 계속 안정을 취해야 하는 나는 병문안 오는 사람들을 통해 현실 사회의 동향을 파악할 수 있는 듯하네.

아르바이트를 겸하면서 학업에 열중하고 있는 자네는 생활과 학업을 동시에 할 수 없다고 고민했었지. 천천히 쉴 여유도 없는 자네는 가만히 안정을 취하고 있는 내가 부러웠겠지. 자네는 "환자라도 되어 원하는 만큼 책을 읽고 싶다"라고 했었지. 농담이었겠지만.

허나 환자인 우리들에게도 깊은 고민과 고통이 있다네. "요양에 전념하시고 빨리 완쾌하세요."라고 자네는 말했지. 그것은 당연한 말이지만, 실제로 이를 가로막고 있는 여러 가지 제약이 있네. 최근 후생성 발표에 따르면 일본에 4

백만 명 이상의 결핵환자가 있다하네. 마이신, 파스, 히드라지드 등의 새로운 화학 약품이 개발되고, 성형폐절제, 공동절개 등의 외과치료법이 진보하고 있지만, 역으로 환자가 증가하는 현상은 무슨 까닭인지? 결핵은 사회병이라는 사실을 자네는 생각해본 적이 있는가.

병마가 길어진다는 것은 생활의 파탄을 의미하니, 경제적 곤란이 병의 치료를 지연시키는 악순환을 개선하지 않는 한, 다시 말해 이러한 불합리와 모순이 내재된 사회를 변혁시키지 않고, 병마에서 해방되어 건강을 지키는 일은 어렵지 않겠는가.

병의 조기발견과 완전한 요양을 불가능하게 하는 경제체제를 근본적으로 바꾸지 않고, 결핵의 온상인 현재의 혼탁한 사회를 방임하는 한, 결핵환자는 절대 감소하지 않을 것이란 생각은 나의 독단일지?

나아가 6·25전쟁 휴전 이후 재군비 촉진과 MSA[4] 수용, 군국파쇼체제 강화 등 더욱 노골화되고 있는 전쟁정책에 반비례하여, 고물가에 따른 생활수준의 악화, 요양조건의 개악, 타당한 환자자치활동 탄압 등의 커다란 압력이 요양 환자에게 가해지고 있고, 앞으로 더 심해질 것이네. 이처럼 고통스런 조건 하에서 우리 병자들이 요양에 전념할 수 있겠는가. 우리들은 이미 사회와 떨어져 독립적으로 요양에 전념하는 것이 불가능하네. 그리고 이런 병자의 현실은 그대로 현재 일본에 생존하는 모든 인민대중이 공통으로 직면하고 있는 괴로움이라네. 자네 스스로 절실하게 체험하고 있듯이 학생이 학업에, 학자가 연구에 전념할 수 없고, 노동자가 저임금과 해고로, 농어민이 저가의 쌀 수매가격 및 농지

---

4) MSA (Mutual Security Act)—상호 안전 보장법.

와 어장의 군기지화로, 중소기업과 평화산업이 강점기업의
군사병기산업이 주는 압박으로 신음하며, 여성과 아이들이
미 주둔군에 의한 도덕적 퇴폐성에 위협받고, 청년은 징병
의 불안에 떨고 있네. 잘 생각해보면 이 모든 고통의 원인
이 동일한 뿌리에서 기인한다고 할 수 있지 않겠나, 그리고
이들 피억압계층의 권리를 지키고 이익을 대표하는 정부를
수립하는 것이야말로 이 모든 곤란을 해결하는 진정한 첫걸
음이라고 나는 생각하네.
　요전에 자네와 이런저런 얘기를 나누었을 때 자네가 말한
의문에 대해 이 편지가 대답이 될 수 있을지 그렇지 못할지
나는 모르네. 그러나 우리 병자들도 건강한 자네들과 똑같
은 문제로 고민하고 있고, 마찬가지 악조건에 놓여 있다는
것을 알아주었으면 하네.
　K군. 자네들은 학업에, 우리들은 요양에 하루라도 빨리
전념할 수 있는 조건을 만들기 위해, 모든 사람들이 건강하
고 평화롭게 살아갈 수 있는 밝은 사회를 만들기 위해 다
함께 노력하세. 자네의 건투와 건강을 기원하네.

　　　　　　　　9월 28일(국제평화병원에서)

[병상일기(2)]
생활과 건강을 지키기 위해

양원식

최근 우리들의 생활은 더욱 고통스러워졌다. 동시에 거의 대부분의 사람들이 생활고와 노동 강화로 인해 건강을 해치고 있고, 특히 우리 조선인 동포의 경우에는 말로 표현할 수 없을 만큼 생활과 건강이 파괴되어 있다. 또한 조선청년 중에는 낙오자와 자살자가 속출하고 있고, 정조개념이 강하다고 이야기되어 온 젊은 여성들 백여 명이 히가시 오사카東大阪에서 팡팡(매춘)을 해야 하는 처지에 놓여 있다. 이처럼 살아갈 권리와 희망조차 박탈된 원인이 요시다吉田의 침략정책이 있음은 너무나 명백하다.

그리고 최근 이쿠노의 기타가와치 맛타北河內 茨田에 사는 동포가 '조선인에게는 보호 받을 권리가 없다' 라는 민생안정소의 통보를 받은 후, 생활보호와 의료보호를 요구하기 위해 복지사무청을 방문했는데, '이라인5)과 대립하고 있' 다는 이유로 조선인의 생활보호를 하지 않으려는 비밀 통보의 계략이 밝혀졌다. 도우죠東成에서는 다수 동포의 생활보호 금액이 오천엔에서 천엔정도로 삭감되었고, 동포 대부분의 생활보호 금액이 기준금액 이하로 삭감되었으며, 나카가와치中河內에서는 동포 네 가족의 생활보호가 모두 중단되었

---

5) 한국의 반일감정을 배경으로, 1952년 이승만 대통령이 독도를 포함한 수역을 설정하여, 수산물 등의 천연자원이용의 권리를 주장했다. 한국에서는 '평화선' 내지는 '이승만 라인' 이라는 명칭이 쓰이고 있다.

다.

또한 밀주 적발에 권총을 들이대고, 다른 집의 우유를 마셨다는 이유로 어린 조선아이를 돼지우리에 내던지고, 조선인에게 스파이가 될 것을 강요하는 등 조선인에 대한 노골적인 압박과 인권무시가 점점 심해지고 있다. 이런 일들은 이쿠노에서 벌어지고 있다는 점에서 특징적이다. 이는 필시 미제국주의의 조선침략을 위한 MSA지원에 맞추어, 일본의 재군비강행정책이 우리들과 가장 가까운 장소에서 일어나고 있고, 이라인 문제와 함께 신문지상에서 공공연하게 보도되고 있는 조선인에 대한 생활보호 정지라는 모습으로 구체화되고 있는 것이 아닐까. 게다가 최근에 오사카 당국은 비밀리에 다음과 같은 통고를 각 민생안정소에 게시했다.

1. 의료보호를 받으려는 자는 보건소나 시민병원에서 진료를 받아야 한다.

2. 6개월 이상 치료받고 있는 자는 시민병원이나 보건소에서 재진료를 받는다.

3. 1년 이상 요양 입원 중인 자는 당국에서 파견한 의사가 재심사한다.

4. 간병인을 쓰고 있는 환자는 당국의 조사 후 그 적절함을 판단한다.

등등, 게다가 이 통고 내용을 일시에 실시하면 많은 시민과 생활보호 환자, 그리고 의사들이 반발할 것을 우려해 가장 약한 계층부터 시작하려 한다는, 지금까지와는 다른 양상의 야만적인 정책을 펴고 있다는 점에 주목해야 한다.

이미 우리들 조선인에게 가장 익숙한 국제평화병원과 다지마田島진료소의 의료행위를 이쿠노의 안정소가 거부한 예가 다수 발생했고, 다이쇼大正구청은 입원중인 환자에게 병원 내 모습을 감시하라는 스파이 활동을 강요하였으며, 가지마加島와 후세布施, 나카가와치中河內에서는 10월 중 생활보호 및 의료지원을 받고 있는 환자에 대한 일제 조사를 지시했다. 또한 야오八尾에서도 좌익 병원인 니시고오리西郡 진료소에서 치료받지 말라고 환자를 협박하였고, 우에니上二병원에서 카리에스 환자의 간병인을 별다른 이유 없이 그만두게 했으며, 니시요도西淀병원도 좌익병원이라는 이유로 의료와 요양을 지체시키는 등 수많은 생활보호 환자에 대한 압박이 지속되고 있다. 이에 대해 민주적인 병원과 환자, 종업원 조합이 단결하여 시당국에 항의하였고, 그 결과 통고가 일시적으로 보류되었음에도 불구하고, 이미 각지에서 구체적으로 실시되고 있다. 가난한 환자의 죽음을 강요하는 시의 통고문 실시, 그리고 우리들 조선인에 대한 생활파괴와 생활보호 중단과 같은 비밀 정책은 모두가 이어져 있는 사안인데, 조선전쟁에서 완패한 미국이 재차 조선침략의 야망을 실현하기 위해 이라인 연극을 구체적으로 실행하는 것이자, 가장 약한 계층인 환자들마저 일본의 재군비화에 이용하려는 전쟁정책에 다름 아닌 것이다. 국제평화병원을 비롯하여 오사카 각지의 민주적 병원(上二, 加島, 西淀)에서 환자, 의사, 종업원, 병원 그리고 민애청의 대책 위원을 조직하여 활발히 토론한 결과, 이 통고의 의도는 (1) 재군비대책에 위협이 되는 사회제도 투쟁의 선두에서 싸우고 있는 오사카 환자 조직과 일본 환자동맹을 파괴하고, 의사의 권리를 빼앗아, 노동자와 시민에게 사랑받고 있는 민주적 병원을 망하게 하

려는 것으로, 이는 단순히 환자와 의사의 문제일 뿐 아니라
전 국민의 문제이다. 해당 병원은 물론 노동자, 농민, 시민,
조선인이 폭 넓게 손을 잡고 정부의 전쟁정책음모를 분쇄하
기 위해 일어나고 있다.

또한 히가시쬬東成에서는 재군비정책으로 인해 신음하는
조일朝日양국의 '생활을 지키는 모임'이 만들어져, 생활보
호법 투쟁과 생활권 방어 투쟁을 위해 연일 지역 안정소를
향한 공세를 지속하고 있다. 모리마치森町의 직장에서도 생
활고와 노동 강화에 항의하기 위해 '건강을 지키는 모임'
이 조일 청년들에 의해 조직되었으며, 이쿠노에서도 다지마
田島 렌즈 노동자들의 요구로 조일청년이 손을 맞잡고 임금
요구와 생활을 지키기 위해 노동조합을 만들었고, 재군비반
대를 외치고 있다. 그리고 이쿠노의 각 민주단체와 의사들
이 생활과 인권을 지키기 위한 생활상담연락협의회를 조직
하였고, 이 단체 역시 재군비반대와 사회보장제도 투쟁을
진행하고 있다.
이처럼 생활과 건강을 지키기 위한 투쟁이 각 지역, 각
직장에서 이슈화되고 있으며, 미국과 요시다의 정책에 반대
하는 투쟁으로 결집되려는 모습을 보이고 있다.
하나하나의 압박, 하나하나의 고통, 하나하나의 문제가
MSA 원조를 통한 요시다의 재군비강화, 나아가 조국 조선의
침략을 위해 일본을 제일선기지화 하려는 미국 방침에 대한
요시다 정책의 구체적 실현이라는 점을 간파하고, '생활과
건강을 지켜라' '기본 인권을 지켜라' '사회보장 확립' '민
족교육을 지켜라' '임금을 올려라' '쌀을 달라' '일을 달
라'는 각계각층의 무수한 요구와 투쟁을 직장과 학교, 거

주지에서 전 국민의 문제로 확대함으로써, 일본국민과 굳게 손을 잡고, 반미, 반요시다, 반재군비 투쟁을 통일적으로 결집, 발전시켜야 한다. 이것이야말로 조국조선의 평화적 통일과 독립을 요구하는 우리들의 투쟁과도 일치하는 바이며, 나아가야 할 방향이다.

백미러

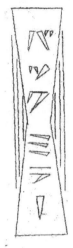

여기는 오래된 작품의 소개란입니다. 이전에
써 놓았던 오래된 추억이 담겨있는 작품이 있다
면 투고해 주십시오.

밤길

홍종근

밤은 깊고
사람 하나 없다.
피곤한 발소리의……나만이
　그림자를 늘이고 줄여가며
　길 아래쪽을 향해 걸어간다.

차가운 밤기운에
가을바람이 차갑게 불어 와
　슝—하고 전선 주위로 모습을 드러낸다.

그 앞에 어둠은 말없이 움츠러들고
고달픔의 저쪽에
　굵은 굴뚝이 주위를 흘겨보고 있는 듯하다.

흩뿌려진 거리의 불빛과 어둠이
복잡한 색채로 어우러진 장소를
한 잔의 따뜻한 차 생각에 마음을 빼앗긴 채
멍하니 지나쳐 간다.

따뜻한 한 잔의 차를
　생각해 본다.
따뜻한 온기가 얼굴에 느껴지는 듯하다.
싸게 만족할 수 있는
　……행복의 볼륨에 대해 생각한다.

돌연
개가 요란스럽게 짖어댔다.
쾅쾅 밤의 침묵을 깨고
짖어대는 개.
느닷없이……놀랐잖아.
어둠을 두려워하는 모습 바로 옆에
자본가의 커다란 집이다.
　튼튼한 자물쇠가 문 위에 차갑게 빛을 내며
　과시하고 있다
　　거기에 집 지키는 개까지…….
깊숙한 어둠 속에서
　개 짖는 소리가 힘차게 이어진다.

갑자기
기름 낀 코와
번뜩번뜩 빛나는 눈이 튀쳐나올 듯한……

복숭아 빛
희미한 불 빛 속에
사람 그림자가 크게 흔들렸다
작은 창
말할 수 없이 거대한……괴물 같은 놈이다
개가 미친 듯 짓고 있다
창을 열려고 하는
   흉물스럽게 큰 괴물의 손이
   내 시야 속으로 들어왔다.

〈제기랄
도둑은
너희들이잖아!〉

뜨거운 차가 튀고
내던져진 찻잔의 파편이
노여움의 소리를 내며 흩어지자,
   표현할 수 없는
   증오가 끓어올랐다.

                     1949년 11월 20일

투고작품

아름답고 강인한 우리들의 조국

김평선

1
삼천리에 끝없이 펼쳐진
아름다운 조국의 산하도
빛나는 긴 역사
조선인민의 궁지인
4천여 년의
무수한 고대문화 유물도
폐허가 되고
수많은 숭고한 인명이 무참하게
전화戰火 속에 버려진
이 저주받은 싸움도
종말을 고했다

거의 3년에 걸친
이 세월은
얼마나 피투성이의
세월이었고
얼마나 힘든 싸움의
나날들이었나

그것은 너무나도 비참했고
그것은 너무나도
잔인한 세월이었다

어디를 보아도
어디를 가도
전화의 흔적 생생하니
불타 문드러진 머리를
민망해하는 벌거숭이산도
묵묵히 흐르는
작은 시내의 개울도
증오의 눈물을 흘리며
저주의 눈물을 흘리며
조용히 평화스런 조국을
평온한 행복의 땅을
기원하고 있겠지

자신을 지키고
조국방위를 위해
침략에 반대하고
노예화에 반대해 일어난
조국 조선의 강철 같은
거대하고 믿음직스러운 힘은

분노에 찬 화산처럼
크게 울리며 타올라
'살상전'을
'크리스마스 공격' 6)을
'M데이 작전'을
곳곳에서 깨부수며
흉악무도한
폭거행위에 항의했다

초대받지 못한 자
미국침략자가
달러로 매수한 매국노
이승만과 결탁하여
조국 조선에서 벌인
수많은 만행은
너무나도 난폭하고
너무나도 잔혹하며
너무나도 미친 짓이어서

---

6) 크리스마스 공격: 한국전쟁 당시 중공의 전쟁참전으로 인해 연합군
이 일시적으로 패퇴한 후, 재진격하여 크리스마스 이전까지 전황을
뒤집겠다는 작전을 일컫는 것으로, 속칭 "크리스마스 공격"으로 불
리었다.

그것은 어떠한 방법으로
씻어내려 해도
씻을 수 없는 일이었다

조국조선을
피와 화염으로
덮으려고
조국조선을
시체로
덮으려고
촌락부터
시가지까지
모두 다 파괴하여
폐허로 만들고
땅이란 땅을 모두
숭고한 새빨간 피로
물들였다

-아무런 잘못 없는
평화로운 조국 사람들에게
바츄카포를 겨누고
캐빈총을 겨누어
-대량살상을 기획하고

세균탄 네이팜탄을 투하해
-조국 동포들에게
석유를 뿌려
태워 죽였다-

그리고 지금 더욱
무수한 피를
끊임없이
거리에 흐르게 하고 있다

이것을 미국의 침략자와
죽음의 달러 상인,
암상들의
-도덕주의
-월가 식 민주주의
라고 할 것인가

생명보다 중요한 당원증이
적의 손에 들어가지 않도록
비밀리에 땅 속에 묻고
죽어간 조선의 아들
가슴에서 한 방울의 피도

더 이상 흐르지 않을 때까지
총에 맞아
죽어간 조선의 아들

자식은 부모를
부모는 자식을
남편은 아내를
아내는 남편을
증오에 떨고
분노에 떨며
저주의 목소리로 있는 힘껏
 '부모를 돌려줘'
 '자식은 돌려줘'
라고 절규하고 있다

조국 조선의 어느 집도
슬픔과
고통과
분노를 품지 않은
곳이 있을까
이 비통함
하나하나가

이 고통과 분노
하나하나가
미국의 침략자를 향한
분노의 불덩어리가 되고

이 비통함
하나하나가 고통과
분노 하나하나가
전쟁상인을 향한
참을 수 없는
증오의 물결이 되었다

조국과 인민을 위해서
싸우는 애국심은
이 위대한 조국조선을
4천여 년 긴 역사에 빛나게 하고
삼천리 산하를
보다 아름답고
보다 번영한 것으로

평화와 정의를 위해 싸우는
조국애에 넘친

이 정열은
승리에 빛나는 조국조선을
노고를 아끼지 않는 조국조선을
용감하지만 가식 없는
조국조선을
한층 용감하고
한층 빛나는 나라로 만들어
여명 속으로
밀어 놓은 것이다

평화의 서광이
처음으로 비친 조국
우리조선
불굴의 인민들의 투쟁으로
수많은 숭고한 선혈로
조국의 대지로부터
확연하게 떠오른
한 줄기 평화의 서광에
희미한 미소를 가져왔을 때
밝은 빛살이 들꽃처럼
아름답게 피워 올랐다

휴전 바로 그 순간
남조선의 형제들도
미국 병사들도
어쩔 수 없이
혹은 속아 넘어가
'더러운 전쟁'에 참전한
여러 나라의 참전 군인들도
이 평화의 서광에
얼마나 진심으로
환성을 지르며
기뻐했을 것인가.

조국영화 탈환하다!

긴 세월 도쿄세관이 부당하게 압수했던 '향토를 지키는 사람들(1952, 조선국립촬영소 제작)'이 조일 각계의 맹렬한 항의 운동 끝에 결국 탈환되었다. 이번에 오사카 각지에서 공개되었는데, 투쟁하는 조국의 모습을 눈앞에서 확인한 동포들은 감격의 눈물을 머금었다. 특히 주목할 점은 이 영화가 높은 형상성과 예술성으로 조선인민의 영웅적인 모습을 생생히 묘사했다는 사실이다. 특수 기술과 분장은 불완전해 보이지만, 미국의 폭격으로 폐허가 된 도시 한 가운데에서 한정된 자재와 인원, 기간이라는 곤란한 조건하에 만들어졌다는 점을 감안하면 작품 평가에는 문제가 없을 것이다. 동맹국인 중국을 비롯하여 인민민주주의 제국에서 공개되어 커다란 반향을 불러일으킨 훌륭한 작품이다.

오노 주자부로小野十三郎 선생님의 격려 엽서

이번 진달래 호(4호)는 내용이 한층 더 충실한데, 우리 오사카에서 이렇게 훌륭한 시 잡지가 발간된다는 사실이 자랑스럽습니다.

김희구군의「쓰루하시鶴橋 역이여!」는 감동적인 작품이었습니다. 김시종이 작사한 노래는 언젠가 꼭 듣고 싶습니다.

동인들에게 안부 전해 주십시오.

안테나

'커다란 희망이 생겼습니다' 세계 평화 평의회의 부다페스트 어필의 호소는 '평화는 우리들 눈앞에 있습니다. 그것을 쟁취하는 것은 우리의 노력여하에 달려 있습니다'라고 맺고 있다. 평화는 '결집해서'라는 운동이 재일조선민족 사이에서도 강하게 제기되고 있다. 아시아 재침략을 위한 일본의 전선기지를 분쇄하려는 투쟁도 커다란 진전을 보였다. 조선의 평화 없이 일본의 평화도 불가능하다는 사실이 일본 국민 사이에서 커다란 문제의식으로 자리 잡고 있다. 이처럼 조선에 사절단을 보내자는 운동이 평화 세력 모두의 노력으로 실현되려는 지금, 스탈린 평화상에 빛나는 평화의 전사 오오야마 이쿠오大山郁夫 선생님이 사절단의 선발단인 아와이淡, 가메야마龜山씨 등과 함께 평양역에 도착했다. 모든 일본국민을 대표해서 오오야마 선생님 일행이 우리 조국을 방문한 사실을 우리는 깊이 감사한다. 그리고 크게 기대하고 있다.

긴 역사 관계에서 볼 때 조일 양국의 우호공존은 세계평화의 문제이기 때문이다. 이라인, 한일회담결렬 등을 일본의 재군비와 이승만의 배외주의 사상 강화에 이용하려고 획책하면 할수록 음모는 드러날 것이다. 오오야마 선생님 일행의 조국 방문에 크게 기대하며, 우리들은 또한 미 제국주의와 요시다에 의해 출발을 저지당한 일본국민 사절단의 파견 운동을 대대적으로 전개해야 한다. 조선해방전쟁을 위한 일본국민의 원조, 전후인민경제의 부흥발전을 위한 일본 평화위의 오억엔의 복구 자금 등 구체적으로 일본과 조선의 혈맹관계는 중요해지고 있다. 평화는 우리들이 행동해서 쟁취하는 것이다. 진달래도 '평화와 결집해서'와 같은 광장으로 만들어가고 싶다. 작더라도 평화를 위한 소원을 빠짐없이 모아 커다란 평화통일의 행동으로 삼자. 영화 '향토를 지키는 사람들'을 반환받은 힘도 여기에서 비롯되었다. 결집할 수 있는 판을 보다 크게 짜자.

투고 환영

하나. 시 · 평론 · 비평 · 르포르타주 모집합니다.

하나. 4백자 원고지를 사용할 것, 원고는 4매까지

하나. 기한 매월 말일까지

하나. 서체는 명확하고, 정성들여서

하나. 원고는 일체 반환하지 않습니다

하나. 우송지는 본편집소로

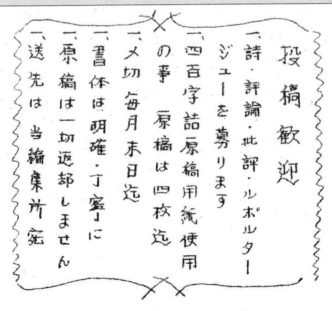

소식

이정자

10월에 결혼. 가을에 어울리는 축하 소식. 정자 여사의 신생활에 관련된 시를 기대해 주십시오.

한라韓羅

이번에 옥동자 같은 아들을 출산. 박수를 보내자.

김시종

격렬한 투쟁의 세월을 보내고 병을 얻었다. 병과 싸우며 여전히 투쟁하는 시인에게 원조자금을 보내 주십시오.

신회원 소개

백우승-와세다 대학 졸업의 신인 저널리스트, 르포에세
이로 평판을 얻고 있음
김수택-국제평화병원 카리에스로 입원 중.
병문안을 가기를.
하마쿄코浜恭子-거주지는 니시나리구西成区.
『신여성(新女性)』에 발표

느낀 그대로의 기록 -4호를 읽고

백우승

"나왔다! 4호가" 9·9 기념일에 나카노시마中之島로 외출
했을 때 공회당 입구에 쭉 나열해 있는 출판물 중 펄 블루
연지색의 『진달래』 표지를 발견한 순간 나도 모르게 이렇
게 중얼거렸다. 입에서 터져 나온 이 혼잣말은『진달래』에
대한 나의 순수한 경의의 표현이기도 했다. 왜냐하면, 호가
거듭되면서 내용의 무게를 더해가는 이 시 잡지에 나는 진
작부터 커다란 기대를 품고 있었고, 어려운 조건을 극복하
면서 계속하여 다음호를 만들어 내는『진달래』의 출현에
시인집단의 회원들 못지않게 기뻐하고 있었기 때문이다.

지면을 장식하는 유명, 무명의 시인들. 이 사람들 대부분
은 각 지역의 훌륭한 활동가임이 틀림없다. 작품 하나하나에
주의를 기울이는 동안 나는 "아, 이 사람은 이런 타입이구
나" 라는 불필요한 걱정까지 하면서 그 시를, 그 작품을 음미
하였다. 이것이 또 내게 각별한 흥미를 불러일으킨다.

그리고 나의 상상이 딱 들어맞는다는 사실이 재미있다.

요전에 4호를 구입했을 때, "당신이 R.S씨?" 하고『진달
래』판매대에 있던 여성에게 실례되는 질문을 한 적이 있는
데, 그것이 딱 들어맞았다. 나는 얼굴이 빨개져서 자리를 떴
는데, 아름다운 곡을 들을 때도, 훌륭한 시를 읽을 때도, 이
작가는 어떠한 사람일까? 하고 그만 상상하고 싶어지는 것
이다.

모든 사람들이 조국을 사랑하고, 민족의 역사를 알고, 이

를 위해 싸우는 대범한 마음을 가졌다는 사실에 나는 더할 나위없는 강한 힘을 가슴 속에서 느끼게 되는 것이었다.

이번 호의 처음 페이지에 "6월 시집"이라는 부분이 있다. 이미 9월인데 "6월"이라니!『진달래』의 고군분투하는 모습이 와 닿았다. 「편집 후기」에서 김시종씨가 강조할 필요가 없을 정도로, 『진달래』를 사랑하는 이들 모두가 매월 잡지가 발행할 수 있도록 노력하고 싶은 마음이다. 나는 스스로의 잇속을 포기 할 수 없지만, 가까운 장래에 활판인쇄로 발전할 때 내 일에 장애가 되지 않는 범위에서 얼마든지 보탬이 되고 싶은 마음이다.

편집 후기

또 다시 나의 바람에 미치지 못하는, 그다지 나아지지 않은 호가 나왔다. 회원 40명 중 작품을 보낸 이가 10명이다. 전부터 예상했지만, 이렇게 빨리 막다른 벽에 부딪칠 줄은 생각하지 못했다. 회원 중 상당수가 이구동성으로 창작할 수 없게 되었다고 하소연하고 있는데, 이는 회원들의 책임이 아니다. 대부분의 책임은 우리들 편집의원들에게 있다. 연습 없이 시를 쓰게 한 것은 다시 말하면 오르지 감정에 의지하여 시를 쓰게 한 것이며, 배우려는 마음을 기르기 위한 철저한 공부가 부족했음을 의미한다. 성실한 연구모임 한 번 갖지 않고 시가 쓰일 수 있다면 그것은 기적일 것이다. 모든 것을 쏟아 붓고자 하는 마음이 언제까지고 지속될 리 없다. 신경질적인 질책이 글 쓰는 이를 기분 나쁘게 하는 것도 당연하다. 때문에 필자는 커다란 책임감을 느낀다.

조금만 더 몸을 편안히 하고, 아주 초보적인 부분부터 천천
히 해결해 가고 싶다. 자본을 요하지 않는 장사는 없다. 자
동차가 달리기 위해서는 가솔린이 필요한 것처럼 우리들에
게도 감정 이외의 또 하나의 공부가 필요하다.
　*5호를 내고 역시 기뻤던 것은 신회원의 수가 늘어난 것이
다. 특히 백우승 동무의 가입은 기대된다. 아직은 미흡한 에
세이 란에 날카로운 필치의 글을 다음 호부터 기고해 줄 예
정이다. 기대해 주길.(김시종)

후기의 후기

　※필시 이 호가 올해 마지막 호일 것이다. 올해 2월 16일
창간호를 발간하고 매월 발행할 계획이었으나, 예정한 대로
흘러가지 않았다. 그 원인은 여러 가지가 있겠으나 무엇보
다 재정면의 고충이 크다. 3천 엔 정도의 돈만 있어도, 등
사판이긴 하나 순조로운 출판이 가능하다.
　이처럼 소박한 우리들의 바람조차 충족시킬 수 없는 현
실에 요시다 정부 정치의 빈곤함을 엿볼 수 있다. 이러한
상황은 이미 충분하게 인지하고 있었지만, 우리들이 일을
진행하는 동안 더욱 분명하고 구체적으로 느끼게 되었다.
그런 의미에서 『진달래』를 5호까지 출판할 수 있었던 힘은
회원들이 노력한 결과이다. 그러나 우리들은 한걸음 더 노
력해야 할 것이다. 40명에 가까운 회원들의 회비를 착실하
게 모아 한 사람이라도 더 많은 독자를 획득하기 위해 움직
인다면, 보다 많은 수확을 할 수 있을 것이다. 하찮은 일 같
지만 이는 우리들이 저항을 지속할 수 있는 커다란 힘이 될

것이다.

※쓰는 시 뿐 아니라, 행동하는 시를 써 가자. 좀 더 넓게, 대중 속으로 우리들의 시 운동을 침투시키기 위해 우리들은 여러 가지를 생각해야 할 필요가 있다. 시 낭독, 간단한 시 연극, 그 외에도 우리들이 창의성을 발휘한다면, 여러 형태로 우리들의 운동을 보다 대중적으로 넓히는 것이 필시 가능할 것이다. 즉 시 집단 내부에 문공대文工隊를 만들고 싶다. 대중을 기쁘게 할 수 있다는 사실은 중요하다.

※연구회는 이러한 일을 진행하는 과정에서 반드시 필요한 활동이다. 두, 세 번 연구회를 가진 후 흐지부지된 감이 있는데, 이를 어떻게든 극복하여 전력으로 운영해 가고 싶다. 회원과 독자의 노력을 부탁한다.

※ 다음호는『진달래』1주년 기념호로 신년호와 합본하여 활판으로 발간하고자 한다. 이것이 헛된 꿈이 되지 않도록 회원과 친애하는 동포 여러분들의 절대적인 노력을 부탁한다. (끝)

진달래 제5호

1953년 11월 30일 인쇄

1953년 12월 1일 발행

가 격 20엔

편집겸 발행인 김시종

발행소 오사카시 이쿠노구 신이마자토마치新今里町 8 쵸메丁目 105번지

오사카 조선인시인 집단 진달래 편집소

진 달 래 第 5 号

一九五三年十一月三十日印刷
一九五三年十二月一日発行

価二十円

編輯兼発行人 金時鐘

発行所 大阪市生野区新今里町
八丁目一〇五番地
大阪朝鮮詩人集団
진달래編輯所

저자약력

◈ 김용안(金容安)
한국외국어대학교 대학원 졸업. 문학박사. 근현대문학 전공.
현, 한양여자대학교 일본어통번역과 교수.

◈ 마경옥(馬京玉)
니쇼각샤대학 대학원 졸업. 문학박사. 일본 근현대문학 전공.
현, 극동대학교 일본어학과 부교수, 한국일본근대문학회장.

◈ 박정이(朴正伊)
고베여자대학 대학원 졸업. 문학박사. 일본 근현대문학 전공.
현, 부산외국어대학교 만오교양대학 조교수.

◈ 손지연(孫知延)
나고야대학 대학원 졸업. 학술박사. 일본 근현대문학 전공.
현, 경희대학교 후마니타스칼리지 객원교수.

◈ 심수경(沈秀卿)
도쿄도립대학 대학원 졸업. 문학박사. 일본 근현대문학 전공.
현, 서일대학교 비즈니스일본어과 조교수.

◈ 유미선(劉美善)
동국대학교 대학원 졸업. 문학박사. 일본 근현대문학 전공.
현, 극동대학교 강사.

◈ 이승진(李丞鎭)

오사카대학 대학원 졸업. 문학박사. 비교문학 전공.
현, 동국대학교 일본학연구소 연구원.

◈ 한해윤(韓諧昀)

도호쿠대학 대학원 졸업. 문학박사. 일본 근현대문학 전공
현, 성신여자대학교 강사.

◈ 가네코 루리코(金子るり子)

전남대학교 대학원 졸업. 문학박사. 일본어교육, 한일비교언어
문화 전공.
현, 극동대학교 일본어학과 조교수.

◆ 번역담당호수

김용안 : 4호, 11호, 17호
마경옥 : 1호, 15호, 가리온3호 후반
박정이 : 2호, 9호, 20호
손지연 : 7호, 14호(전반), 가리온(전반)
심수경 : 8호, 14호(후반), 16호
유미선 : 3호, 10호, 18호
이승진 : 5호, 12호, 19호
한해윤 : 6호, 13호, 가리온1,2,3호 8페이지 까지
가네코루리코(金子るり子): 일본어 자문

(재일에스닉잡지연구회 번역총서)

진달래 1

초판 인쇄 ㅣ 2016년 5월 16일
초판 발행 ㅣ 2016년 5월 16일

저(역)자 ㅣ 재일에스닉잡지연구회
발 행 인 ㅣ 윤석산
발 행 처 ㅣ (도)지식과교양

등 록 ㅣ 제2010-19호
주 소 ㅣ 서울시 도봉구 쌍문1동 423-43 백상102호
전 화 ㅣ (대표)02-996-0041 / (편집부)02-900-4520
팩 스 ㅣ 02-996-0043
전자우편 ㅣ kncbook@hanmail.net

ⓒ 재일에스닉잡지연구회, 2016 All rights reserved. Printed in KOREA
   ISBN 978-89-6764-049-1 94830   정가 27,000원
   ISBN 978-89-6764-048-4 94830 (전5권세트)

---

* 저자 및 출판사의 허락없이 이 책의 일부 또는 전부를 무단복제 · 전재 · 발췌 할 수 없습니다.
** 잘못 만들어진 책은 교환해 드립니다.